出口のない海

Yokoyama Hideo

横山秀夫

講談社

出口のない海

装丁　多田和博

序章

真珠湾が見えた。

雲間をつき、日本海軍の爆撃機が一斉に急降下を開始した。たちまち眼下に米軍の戦艦群が迫る。凄まじい爆発音とともに、戦艦カリフォルニアが真っ黒い煙を吹き上げた。戦艦ネバダが、オクラホマが、そして、アリゾナが、次々と爆撃の餌食《えじき》になっていく。甲板に幾本もの火柱が立ち、艦が傾《かし》ぎ、米兵が蟻のように逃げまどう。

スクリーンの映像をぼんやりと眺めながら、老人は席を立つタイミングを見計らっていた。

新聞広告に担《かつ》がれた。アメリカの高名な監督が撮ったドキュメント映画だというから、わざわざ電車を乗り継いで観にやってきた。なのに中身は、太平洋戦争のさなか自国民向けに製作された戦意高揚映画だった。「パール・ハーバーは騙《だ》まし討ち」「ジャップの蛮行は執拗《しつよう》だった」。実写と特撮を繋《つな》ぎ合わせたモノクロの粗雑な映像は、日本軍の爆撃機が米軍の軍艦に襲いかかるシーンを延々映し出し、ナレーションは日本人を蔑《さげす》む「ジャップ」を連発する。

老人は唇を噛んでいた。そういう時代だったのだと頭ではわかっていても、苦々しい思いが広がるばかりだ。

案の定、スクリーンでは米軍の反撃が始まった。勇ましいマーチのリズムにのって高射砲《こうしゃほう》の弾幕が爆撃機を一機、また一機と撃ち落としていく。燃え上がる機体、黒焦げの残骸、年若い航空兵の屍《しかばね》……。もう我慢の限界と老人が腰を上げようとした、その時だった。スクリーンに黒々とした葉巻状の大きな物体が映しだされた。

老人は目を見張った。

カイテン……。瞬時そう思った。

――いや、違う。

ほんの短いカットだった。金属製のその物体は海岸の浅瀬で波に打たれ、銃を手にした米兵たちに取り囲まれていた。おそらくは、「甲標的《こうひょうてき》」と呼ばれた旧日本軍の特殊潜航艇だろう。海中を縫って敵陣の湾内に潜入し、碇泊《ていはく》中の軍艦めがけて魚雷を発射する。真珠湾の奇襲作戦に五艇が参加したのは有名な話だ。そのうちの一艇が米軍に捕獲され、フィルムに収められていたということか。

胸のざわめきを抑えつけるように、老人はゆっくりと背もたれに体を戻した。

カイテン。再びその名が脳を突き上げていた。人間魚雷「回天」である。

「回天」も特殊潜航艇の一種には違いない。だが、「甲標的」のように敵艦に向かって魚雷を発射するのではない。自らがその魚雷なのだ。爆薬を満載した改造魚雷に人が乗り込み、たったひとり暗い海の中を操縦し、敵の艦船の横腹めがけて搭乗員もろとも突っ込む。それは筆舌《ひつぜつ》に尽《つ》くしがたい壮絶な特攻兵器だった。

「人間魚雷……」

老人は呟《つぶや》いた。なんとも切ない響きがある。「〇六金物《マルロクかなもの》」と暗号で呼ばれた回天は、海軍の内部でも秘中の秘の軍事機密だった。だから当時陸軍を志願した老人には縁遠く、その存在を知ったのは戦後しばらくしてからだった。かけがえのない友が、その回天と運命をともにしたことを知ったのもまた、終戦後のことだった。

並木《なみき》……。彼の姿がふっと網膜に立ち上がった。

何ものをも恐れぬ真っ直ぐな瞳。人の心を包み込むような穏やかな笑み。躍動する泥だらけのユニフォーム。そう、彼は鶴のように細い体を、弓よとばかりしならせ、女房役だった老人のミットめがけて思い切り白球を投げ込んだ。当時の記憶が鮮やかに蘇る。誰もがその美しさに息を呑んだ華麗な投球フォームが、網膜ばかりかスクリーン全体を覆《おお》い尽くした。

忘れていたわけではない。並木は老人の胸の奥で密《ひそ》やかに生き続けている。

いつのころからだろう、戦争の話題が家の中から消えた。まるで清潔な食卓を穢《けが》す害虫かなにかのように、家庭から閉め出されていった。妻に先立たれ、齢《よわい》八十を超えたいま、もう家族の誰も老人の話に耳を傾けようとしない。老人の戦争体験も、生きた時代も、その時代に友と語り、笑い、涙した青春のひとコマさえも、無理やり老人の胸に押し戻され、封印され、そこでこんこんと眠りについている。

彼も眠っている。回天とともに深い眠りについている。

老人は静かに息を吐いた。

——すまなかったな……永いこと眠らせっぱなしで。

いいやつだった。野球をこよなく愛していた。ヒジを何度壊しても諦めなかった。新しい変化球を編み出す。誰にも打てない魔球を投げて再起してみせる。にっこり笑ってそんな夢を語っていた。なのに……。

自ら志願して人間魚雷に乗った。自爆特攻兵器の操縦桿《そうじゅうかん》を握った。その心模様がいまだにわからない。

老人は目線を上げた。前方の席で黒い影が立ち上がったからだった。スクリーンいっぱいに大写しされたルーズベルト大統領の演説を背に、その長身の男は大股で老人の脇の通路をすり抜けていった。

奇妙な感覚にとらわれた。

まさかと思った。だが一瞬覗《のぞ》いたその男の顔に、六十年近くも前の尖った表情が透けて見えた気がした。半信半疑のまま老人は椅子を撥《は》ね上げた。並木が望んだ。男と自分を引き合わそうとした。そんな因縁めいた思いが、リューマチで痛む脚にハッパをかけた。

外は身を切る寒風だった。コートの裾を靡《なび》かせ、病的に細い背中が表通りの雑踏へ消えようとしていた。

老人は声を振り絞った。

「待ってくれ——あんた、Ａ大競走部の北《きた》じゃないか」

振り向いた男も、老人と変わらぬ深い皺を顔に刻んでいた。返事はせずに、じっとこちらを見つめている。鋭い眼光だ。老人はもはや確信していた。Ａ大競走部の北勝也《かつや》だ。並木とともに海軍入りし、回天特攻隊を志願した男——。

「なあ、俺を覚えてないか？　剛原《ごうはら》だ。Ａ大の剛原だよ」

「……ゴウハラ？　ひょっとして、野球部にいた剛原か」

「その剛原だ！」

わっと興奮して言うなり、老人は脚の痛みも忘れて駆け出した。なにしろ半世紀ぶりの再会だ。積もる話もいかばかりか。

が、男の表情は緩まなかった。

「死にそこない同士の対面ってことか」

老人は足を止めた。笑みも引いた。男の戦後の生きざまが、その一言に凝縮されているように思えた。

「これからボレロに行く。お前も来るか」

そう呟き、男はもう歩きだしていた。

老人は耳を疑った。ボレロ……。あの「喫茶ボレロ」のことか。

「まだあるのか、ボレロが」

「ある。場所は少し変わったがな」

老人も歩きだした。やはり並木が引き合わせたのだ。男の背を追いながら、一歩一歩進める足が、時間を遡《さかのぼ》っていくような気がした。北風の鳴く歩道は、予備校から吐き出された若者たちのくたびれた笑顔で占領されていた。陽足は速く、遥か新宿の高層ビル群を赤く染めている。そんな見慣れた風景が少しずつ遠のいていく。古い画集を一枚一枚捲《めく》るように、懐かしい情景が目に浮かび上がってくる。

あの頃へ……あの頃へ……。きっと自分はそれを望んでいる。そこには並木がいる。もう一度あいつに会いたいと心が叫んでいる。そしておそらく、前を行く北は知っている。並木が回天に身を投じるに至ったいきさつを。

道の角を曲がりかけて、老人は後ろを振り返った。映画館の入口が小さく見えた。スクリーンでは、たった今も真珠湾攻撃が繰り返されていることだろう。太平洋戦争の火蓋《ひぶた》が切って落とされた一九四一年十二月八日。

それは、並木が魔球を投げると宣言した日でもあった。

1

「次、曲げてみろ」

「ん」

外に構えたミットにボールが吸い込まれた。パン。

「もういっちょう」

「ん」

パン。

「真っ直ぐ。思いっきりだ」

「ん」

パン。

二十球目を受けたところで、剛原力《ちから》はマスクを外した。山なりのボールをマウンドへ返しはしたが、それはただの習慣で、もう見たい球はなかった。

——なんてこった……。どの球もみんな死んじまってやがる。

マウンドの並木浩二《こうじ》は、くるっ、くるっと手の平でボールを回しながら、細い首を傾げた。

「どうした？　次も真っ直ぐでいいか」

「いや……」

剛原はミットを頭に載せて腰を上げた。戦意喪失。そんなサインを伝えたつもりだ。

並木は一つ息をつき、グラブにぽんとボールを収めてマウンドを降りてきた。

目鼻立ちのはっきりした顔だ。男っぽい造作には違いないが、それでいて人をハッとさせる美しさというか、気品のようなものを併せ持っている。以前訪ねた京都の山寺で、偶然擦れ違った若い修行僧の楚々《そそ》とした美しさに胸を打たれたことがあった。あれに近い。一昨年、学生の長髪は禁止され、だから並木と修行僧がダブって見えることが前にも増して多くなった。

だが、今はその屈託のない顔を見るのが辛い。剛原は誤魔化し半分に毛むくじゃらの腕でゴシゴシ目を擦った。

「今日のところはこの辺にしとこうや。風が強くていけねえ」

グラウンドとは名ばかりで、十二月の声を聞いてからというもの、北風に煽《あお》られた砂埃《すなぼこり》で空気まで赤茶けている。客土して整備する計画もあるにはあるが、大学リーグで万年最下位に甘んじている弱小野球部だから、胸を張って大学側と交渉することもできない。実のところ、グラウンド整備はもとより、バックネットの補修や新しい用具の購入に至るまで、いまマウンドから降りてきた男の右ヒジの復調次第、といった事情がある。エース並木の復活は、そのままA大野球部の快進撃を約束するからだ。しかし――。

「やっぱりだめか、俺の球」

並木に顔を覗き込まれて、剛原は大きな体を持て余すようにすぼめた。

「はっきり言ってくれ。どうなんだ？」

「自分でわからねえのか」

「女房役の意見を聞きたいんだ」

んー、と唸《うな》って、剛原はあさってのほうに顔を逃がした。

「なんつーか、ほれ、あれだ。球がおじぎしちまってるんだ」

「伸びがないってことか」

「ああ、ないない。球威もてんでない」

「そうか……。こいつ、やっぱりだめか」

ぽつりと言って、並木は自分の右腕を見つめた。

三年前の甲子園の優勝投手だ。グラブを打者に向かって大きく突き出す独特の投球フォームは、その細身の体と相まって鮮やかな鶴の舞を連想させた。速球よし、制球よしの右の本格派で、カーブのキレさえ増せば大学リーグでもそうそう打てる打者はいないだろうと新聞も書きたてた。幾つもの有力大学の誘いを断わり、並木がA大を選んだのは、文武両道の校風に魅《ひ》かれたからだという。

電撃的な並木のA大野球部入りは、マスコミを一層ヒートアップさせた。

『A大に救世主！　さあ最下位脱出だ！』

『何校喰《く》らうか　鶴の舞！』

並木が右ヒジの異状を訴えたのは、春のリーグ戦開幕を数日後に控え、その右腕《うわん》への期待が最高潮に達していた時だった。

変形性関節症——。関節の磨耗《まもう》、つまりはヒジの使いすぎが原因だった。ハードパンチャーのボクサーが自らのパンチの強さゆえに拳《こぶし》を傷《いた》めてしまうことがあるように、ムチのようにしなる強烈な腕の振りがヒジを酷使し、とうとう耐えきれなくなって悲鳴を上げた。医師はそんな説明をした。

並木は予科一年のシーズンを丸々棒に振った。リハビリはそれなりの効果を見せたが、悪いことは重なるもので、去年の春、並木のヒジは再び不運に見舞われた。大学の必修科目である軍事教練でのことだ。三八式歩兵銃を抱えて走っていた並木は、窪《くぼ》みに足をとられて転倒した。咄嗟《とっさ》に銃を庇《かば》おうとして捻るようにヒジを地面に打ちつけた。ピチッ、と乾いた音がしたという。レントゲンをとり関節内骨折とわかった。今度は医師も黙り込んだ。手術は一応成功したものの、炎症のほうは半年以上も引かなかった。

そうなるとマスコミも冷たい。『悲劇の右腕』『ガラスの右ヒジ』などとしばらくはネタにもしたが、やがて並木の名は紙面から消え、汐が引くように世間からも忘れ去られた。だからといって、並木の姿がグラウンドから消えてしまったかというと、決してそうではなかった。ひとり黙々と走り込みや筋力トレーニングを続け、炎症が引くのを待ってリハビリも開始した。予科三年の今年、リーグ戦のマウンドこそ遠かったが、夏を過ぎた頃には軽いキャッチボールや遠投ができるまでになった。医師は舌を巻いた。とっくに野球を諦めたと思っていたからだ。

そして、今朝である。寮の自室で剛原は体を揺すられて目を覚ました。同室の並木がボールを握って枕元にいた。

座って受けてくれ——。自信があったのだろう。並木は溌剌《はつらつ》としていた。完全復活を宣言したい気持ちもあったに違いない。久し振りにきちんとユニフォームを着込み、その背中にはエースナンバーの「18」を誇らしげに背負っていた。

およそ三年ぶりの全力投球となった。鶴が舞う投球フォームは全盛時のままだった。制球も思い通りだ。だが肝心の球が来ない。一球たりともズバッと来なかった。

「まっ、あんまり気にすんな。来年だ、来年。春のリーグ戦に間に合わせりゃいい。そんときゃ、黄金バッテリーで優勝よ」

気休めっぽいかと気にしつつ、剛原は言い放った。

中学時代は柔道で少しは鳴らした。それが一転、キャッチャーのマスクを被ることになったのは、野球部そのものではなく、野球部の寮である「一球荘」に入りたかったからだ。「他と同じ下宿代で一日五食」というのが勧誘の台詞《せりふ》だった。甘言に乗って入部した者は数知れないが、勧誘されたその場で入寮したいと声を張り上げたのは、後にも先にも剛原だけだと先輩たちは今でも笑う。ただ、実際入ってみると食事は四食で、しかも食糧事情が悪い昨今だ、米の飯が食卓にのぼる日はみるみる減って芋《いも》や麦ばかりを食わされる。「騙《だま》された。三食になったら野球部を辞める」というのが三年間変わらぬ剛原の口癖だ。

そんなわけだから、腹が減るばかりで一文の得にもならない野球の練習など一向に身が入らなかった。万年ブルペンキャッチャーを公言して憚《はば》からず、結果的に故障中のエースのお守り役を仰せ付けられたというのが本当のところだった。しかし、入部したての頃、並木の球を受けた時の驚きは手のひらがはっきり覚えている。

こいつぁすげえ。こんな速い球を投げられる奴がいるのか——。

それは人間の肉体の限界性能とでも言うべきものを見せつけられた驚きだった。感動すら覚えた。その驚きと感動は三年経った今も冷めてはいない。並木がヒジを傷めてからも、いや、傷めたからこそ、いつかまたあの凄い球を受けてみたいと、今日の今日まで退屈な基礎トレーニングに付き合いながら野球部のごくつぶしを続けてきた。

だが一方で、もう並木を解放してやりたいとも思う。

冷静に考えれば、あれほどのひどいダメージを受けたヒジが完全に元通りになることなどありえない。剛原にはとっくにわかっていた。あの限界性能を発揮するには毛ほどの故障も許されない。努力や精神力で補える次元のものではないのだ。完全復活など不可能——。

今日のピッチングで、そのことがはっきりした。やるだけのことはやった。もういいじゃないか野球は。剛原の本音はそうだった。

それにもう、野球だのスポーツだのと言っていられる状況ではないのだ。満州事変から数えれば十年、日中戦争はズブズブのドロ沼だ。その消耗戦の煽《あお》りをくって、国内の物不足も深刻化している。今年七月には、軍事物資の輸送の妨げになるとかで、地方のスポーツ大会は全て中止に追い込まれた。野球はといえば、大学リーグこそなんとか開けたが、並木を一躍有名にした甲子園大会は、選手の移動が大掛かりになることを理由に伝統ある球児の歴史に空白をつくった。

そんな騒ぎの一方で、盛大に開催された大会もある。「体力奉公」をスローガンとした明治神宮国民体育大会がそうだった。競技場には軍服ばかりが目立ち、「手榴弾投擲突撃競争《しゅりゅうだんとうてき》」などといった国防競技が幅を利《き》かせていた。若者が戦地で思う存分戦い抜くための体力造り。スポーツはいつしかそんな位置づけになった。もっとも、外に目を向ければ国防競技が決してお遊びでないことはわかる。日本は石油や鉄鉱石などの資源を確保すべく、東南アジアへの南進政策を進めている。その一方でドイツ、イタリアと三国同盟を結び、アジアでの権益拡大を目論むアメリカやイギリスの動きを牽制《けんせい》していた。六月には政府が「アジア民族による大東亜共栄圏を建設する」との声明を発表し、フランス領のインドシナ北部に駐留していた陸軍第五師団を南部へ進軍させた。アメリカも過敏に反応した。日本に対する石油輸出をストップさせたうえ、日本軍は中国全土から全面撤退せよ、と一方的な和解条件を突き付けてきた。

日米交渉は暗礁に乗り上げ、ピリピリとした空気の中でこの師走を迎えていたのである。

——野球どころじゃねえ。

剛原は呟いた。深刻ぶって呟きはしたものの、一触即発の緊迫した時局に実感はなかった。二年続けてA大受験に失敗し、高等補習校通いをしていた。もともと勉強は苦手で新聞だってろくすっぽ読まない。時局や戦局のことはもっぱら人から聞きかじるだけだから、それによって自分の生活がどう変わるのかといった辺りにすら想像力が働かずにいた。

グラウンドは長閑《のどか》だった。

もし張りつめたものがあるとすれば、それは並木の背中だ。いつのまにか、並木はまたマウンドに上っていた。剛原に向けた背番号「18」が微《かす》かに震えているように見えた。風のせいか。それとも……。

——弱っちまったな。

慰《なぐさ》める言葉も見つからないが、だからといって、このまま放って帰るわけにもいかない。

「よう並木、そろそろあがろうぜ」

「………」

「おい、冷やすと悪いぜ」

「剛原——」

並木は後ろ向きのまま言った。

「あ？　なんだ？」

「球種のことなんだけどさ」

「ああ、やめとけやめとけ」

剛原は押し返すように言った。ぐっと込み上げてくるものがある。再起は不可能。誰より並木自身が思い知っただろうに。

「まあ聞けって」

振り返った並木を見て剛原は驚いた。

並木は笑っていた。両眼に際立った輝きがあった。嬉しげだ。高揚感がこちらにも伝わってくる。

――いったいお前……?

報せは、そんな時にもたらされた。

「おーい!」

外野のほうでマネージャーの小畑《こばたけ》聡《さとし》が土埃《つちぼこり》を舞い上げていた。ロイド眼鏡が鼻で弾むほど懸命に走り、そうしながら両手をメガホンにしている。

「日米開戦だ！　日本がハワイの真珠湾を攻撃したぞぉ！」

うおっ、と剛原は吠《ほ》えた。

「ついにやったか！」

胸のすく思いがした。日中戦争は暗くジメジメした感じがして嫌だったのだ。勝っているのか負けているのかよくわからないままだらだら戦っているし、そもそも相手は日本と同じアジア民族ではないか。アメリカは違う。腹いっぱい食ってるくせに、このうえ貧しいアジアを食い物にしようとしている列強だ。相手にとって不足はない――。

「行こうぜ！」

剛原は走り出した。小畑の手には、ここからでも読めそうな大きな活字の号外が握られている。

並木の顔も晴れやかだった。

「剛原」

「おう！」

「さっきの話だけどな」

「さっき？　いつのさっきだ？」

「新しい球種の話だ」

「馬鹿野郎！　そんなもん、後にしろ！」

「俺、魔球をつくる」

「な……？」

「魔球だ――誰にも打てない魔球を投げる」

「お、お前、ホントにイカれちまったのか？　たった今、アメリカに戦争ふっかけたとこだぜ！」

「らしいな」

「この非国民め！　くたばっちめえ！」

「ああ、魔球が完成したら、いくらでもくたばってやる」

呆れる剛原を追い越しながら、並木はまたしても、とびきりの笑顔を見せた。

2

正確に言うなら、海軍機動部隊による真珠湾奇襲の八十分前、既に陸軍はイギリス領マレー半島のコタバルに上陸を開始していた。日本は米英両国に宣戦布告し、アジアでの睨《にら》み合いは、一気に太平洋戦争へと発展した。

何かあればまず「喫茶ボレロ」というのが、A大野球部の伝統だ。日米開戦の興奮もまた、新宿駅にほど近いこぢんまりした店内に持ち込まれた。

「これは聖戦だ！　アジアを欧米列強の植民地支配から解放する正義の戦いである！　いまこそ我が日本はアジアの盟主となって、五族協和を実現し、大東亜共栄圏建設を成し遂げねばならない！」

弁論部を掛け持ちしているサード津田が、いつものキンキン声で捲《まく》し立てている。父親は陸軍のお偉方だから小難しい演説も淀みない。賛同者から「その通り！」「アジアには新秩序が必要だ！」と合いの手が入り、その都度《つど》、歓声と拍手が湧き起こる。場を仕切っているのは野球部の面々だが、その友人やら後輩やらも大勢押し掛け、並木たちが到着した時にはもう、店内は押すな押すなの芋洗い状態だった。

並木は奥の調理場から煙が漏《も》れるのを見て、カウンターの合板を潜った。

店の騒ぎが嘘のように、マスターはのんびりパイプを吹かしていた。髪は所々白く、額に走った数本の皺も深いが、わずかな手がかりをもとに推理すれば、まだ五十を幾つも越えていないはずだ。

「満員御礼ですね」

並木が声をかけると、マスターはいつもの癖で、くしゃっとウインクして見せた。

「開店休業だね。みんなコーヒーどころじゃないらしい」

笑いながら頷《うなず》いて、並木は壁のエプロンに手を伸ばした。ここでのバイトは週三回。いつでも空いた時間でいいよと、マスターは大雑把《おおざっぱ》なことを言ってくれている。

「水ぐらい出してやりましょう。あれじゃ、みんな喉をやられちまう」

「並木君――」

「はい？」

「今日は、なんだか嬉しそうだね」

「わかります？」

「うん。わかるよ」

そう言っておきながら、それ以上聞かないところがマスターらしい。糊《のり》のきいたシャツに真っ赤なベストがトレードマークだ。あくまで地味な風貌に地味な言動の人だから、それはお世辞にも似合うとは言えない。いつだか理由を聞いてみたことがあったが、「赤は目立つからね」と微《ほほ》笑《え》んだだけだった。その先を言いそうで言わない。マスターはそういう人だ。

店内は殺風景だ。壁時計や小物の類が見当たらない。あるのは一つ、正方形の額に収まった年若い舞姫のスケッチだけだ。マスターは若い時分、スペインに住んだことがあるというし、ボレロはスペインの舞踏曲だから、それはそれで頷けるのだが、誰が見ても子供の落書きとしか思えないその下手くそなスケッチが、店に入って正面の一番目立つ壁を占領しているのはどういうわけか。さらに言えば、店の名がボレロなのに、並木がバイトを始めて半年、ただの一度も店にボレロが流れたことがない。実のところ、店にボレロのレコードがあるかどうかだって怪しい。蓄音機も調理場の隅で埃《ほこり》をかぶってしまっている。

「なんだと！　もういっぺん言ってみろ！」

「ああ、なんべんでも言うさ」

店の真ん中で声が上がった。独壇場だったサード津田に議論を吹っかけたのは、意外にも、並木たちと一緒に店に駆け込んだマネージャーの小畑だった。

「だからさ、油のことぐらいで戦争だなんて、馬鹿げてないかって言ってるんだよ」

津田がいきり立つ。

「油ぐらい？　石油と鉱石は日本の生命線だぞ。軍艦も飛行機も油なしでは動かんのだ！」

小畑も負けていない。

「だからって、アメリカと戦争するなんて無茶だよ。国力の差がありすぎる。津田だって小田川教授の講義受けたろ？」

「小田川はアカだ。麻田、井上両教授にもっと学べ」

「あの二人は偏ってると思う。小田川さんの分析のほうが説得力があったよ」

「突っ込みが足らん！　同盟国ドイツのヒトラーは電撃作戦を成功させ、いまやヨーロッパ西部戦線を制圧している。アメリカはヨーロッパにも軍事力を割かねばならんのだ。この千載一遇の好機を逃してどうするか！」

「ヒトラーは荒っぽすぎて信用できないよ。そんなことより、アメリカが日本に本気で向かってきたらどうするんだよ？」

「挙国一致、一億一心で乗り切るのみ！　ルーズベルトには、この大東亜戦争を戦い抜く決意も魂も指導力もない！」

津田はあくまで軍隊調で言い抜くと、話にならん、とばかりそっぽを向いた。

「本当に勝てるのかな」

そう呟いて、小畑は学生たちを見回した。

店の空気がどんよりとした。みんなまだ戦時下教育の緩《ゆる》やかだった時代に少年期を過ごし、今や最高学府に身を置いている。将来の日本の担《にな》い手《て》としての自負もあり、外国の知識も積極的に吸収してきたから、世界の列強を相手に東洋の小国が戦いを挑むことには、誰もが少なからず不安を感じていた。

小畑に頷き返して、ショート伊佐、セカンド遠山の二遊間コンビが次々と口を開いた。

「確かに国力は向こうが上だ。本気になられたら危ないな」

「うん。日米交渉の打ち切りは早過ぎたんじゃないか」

「馬鹿野郎！」

怒ったのは剛原だった。

「まごまごしてりゃあ、日本も連中の植民地にされちまうんだぞ！　だいたい日本が負けるか？神州《しんしゅう》不滅だ、負けっこねえ！」

二遊間コンビは首を竦《すく》めた。剛原は今にも摑《つか》みかからんばかりの形相だった。同じ予科三年とはいえ二浪で歳も上だ。こんな時にはやはり顔と歳がものをいう。

が、最も小柄な小畑が、最も勇敢だった。

「やっぱりおかしいよ。自分達は植民地になるのが嫌だって言っときながら、一方じゃ南方から資源を奪ってきてるわけだろ。矛盾してるよ」

「貴様！　日本をドロボウ呼ばわりする気か！」

「そう言われたってしかたないじゃないか」

「この非国民のメガネザルがぁ！」

怒鳴るが早いか、剛原の拳が小畑の顔面を襲った。

「やめろ！」

カウンターの中で並木が叫んだが、剛原は止まらない。床に倒れ込んだ小畑の首を両手で締め付け、ニワトリでも落とすように激しく揺する。

「虚弱児が偉そうなことぬかすな！　お前なんかな、講釈垂れてねえで、一球荘のクソまずい献立でも考えてりゃいいんだよ！」

ビシャ、と音がした。

真っ赤になった剛原の顔に、ずぶ濡れの布巾《ふきん》が張り付いていた。

剛原は小畑の首から手を放した。その手でゆっくり布巾を摘み、学生服の袖で顔の水を拭い、そして並木を睨んだ。

「謝《あやま》れ」

言ったのは並木のほうだった。

「な、なんだと？」

「小畑に謝れ」

「だってこいつが日本を……」

「剛原――」

並木は床の小畑を指さした。激しく咳き込み、小さな背中が波打っている。

「お前が一番よく知ってるはずだよな。小畑がどれだけ食料集めに苦労してるか。みんなにうまいもん食わしてやろうって、足を棒にして毎日毎日農家やヤミ市回ってるんじゃないか。なのにお前、なんて言った？　小畑になんて言ったよ！」

「あ……だから……」

剛原はたじろいだ。

「も、もういいよ並木」

小畑がふらふらっと立ち上がった。まだ深い咳をしている。喘息《ぜんそく》がぶり返してしまったか。

「すまなかった」

剛原が唐突に頭を下げた。

「メシの部分は撤回する。小畑、許せ」

小畑は、ずれたロイド眼鏡を定位置に戻した。フレームが歪んでしまっている。

「いいってばもう。慣れてるもん、剛原の口と手が悪いの」

「いや、お前にはいつも感謝してるんだ、俺は」

「ああ、ダメダメ、おだてたって今夜も芋と大根しかでないからね」

「こ、今夜もかぁ？」

剛原の情けない声が周囲の笑いを誘った。やれやれ、一件落着だ。誰もがそう思った。だが——。

「なんだ、まだ投げられるのか」

冷ややかな声だった。声の主はカウンターの隅にいて、手元でパラパラと『文學界』を捲《めく》っていた。痩せこけた頬。細い目と眉。薄い唇。競走部の北勝也だ。前にも何度かここに顔を出している。名前だけはみんな知っていたが、彼が口をきくのを見たのは初めてだった。

まだ投げられるのか——。並木に向けた台詞に聞こえた。並木はヒジの故障で投げられない。だが、たったいま剛原に布巾を投げつけた。なんだ、まだ投げられるのか。

しかし、みんなまだ半信半疑でいた。リハビリで三年間も苦しんできた人間に、それほど痛烈な皮肉を浴びせられるだろうか。

「投げられるのに投げないってわけか」

店内は凍りついた。北は、今度は確かに並木を見据《みす》えて言ったのだ。

「マスコミにちやほやされて舞い上がって、それがちょっとケガをしたら、エプロンかけて悲劇のヒロイン気取りか」

鼻で笑って北は席を立った。長身だ。驚くほど体の線が細い。粗末なスフ製の学生服はあちこち継ぎはぎだらけだった。

「なんだと！　このかけっこ野郎！」

剛原が拳を握って立ち上がった。

「よせ」

並木の声は低く、威圧感があった。その目は剛原ではなく、店を出て行く北の背中を見つめていた。

「おい、並木！　いいのかよ？　あんなこと言わせといて」

息巻く剛原に、並木は言った。

「いいさ。まるっきり外れちゃいないしな」

店内にはすぐに話し声が戻った。戦争論議もあちこちで再開した。そうしてやるのが並木への思いやりだ、忘れてしまおう。学生たちの表情にはそんな気遣いの色があった。

3

一時間ほどして小畑はボレロを出た。

すっかり陽は落ちていて、頬を打つ風も冷たかった。駅までの道は暗い。「電力は戦力」の号令のもと、店のネオンは禁止され、かつての新宿の賑《にぎ》わいは遠い。すれ違う人たちの多くも軍服めいたカーキ色の国民服姿だ。街から光と色が消えていた。

小畑は足を速めた。並木がこっそり店を抜け出したのを見逃さなかった。

駅のシルエットが見えてきたところで追いついた。

「なんだ小畑、お前も帰るのか」

拍子抜けするほど、並木の顔は穏やかだった。

「うん。夕飯の支度があるから」

「そっか、芋と大根だよな」

「それは剛原だけ。みんなにはもう一品、奮発するよ」

殴られた頬骨を摩《さす》ってみせると、並木は、剛原のやつ泣くな、と声を上げて笑った。

小畑も無理して笑った。剛原との諍《いさか》いを止めるために布巾を投げつけ、それが北の暴言を誘った。だが、並木は気にしている様子を見せない。

板塀のポスターが半分剝がれて風に鳴いている。「日本人なら贅沢《ぜいたく》はできないはずだ！」。時代を錯覚しそうな木炭自動車を横目で追ううち、小畑は聞いてみたくなった。

「ねえ、並木はどう思う？」

「何が？」

「この戦争、本当に勝てるのかな」

並木は暗い空を見上げた。

「勝てるからいいとか、負けるから悪いとか……そういうことじゃないと思うけどな」

小畑はこくりと頷いた。数秒おいて、うん、うんと、今度は少し強く頷いた。

「けど、アメリカとドンパチ始めちゃったんだから、俺たちもこのままじゃすまないかもな」

並木は穏やかな顔のまま言った。

「大学にいられなくなるかなぁ」

小畑がしんみり返すと、並木は小さく笑った。

「なんとか卒業するまではいたいけどな」

「並木はさ、大学出たら――」

言いかけて、小畑は続く言葉を呑み込んだ。職業野球に進みたいに決まっている。だが、並木のヒジは――。

「僕はね」

誤魔化し半分、足を弾ませて並木の前に回り込んだ。

「卒業したら映画のほうに進もうと思うんだ」

へえ！　と声を上げて、並木はまじまじとこちらを見た。

「話したことなかったっけ」

「ないよ。どういうの撮りたいんだ？　『暖流』みたいな文芸モノか」

「違う違う、野球を撮るんだ」

「野球？」

「そ。半分ドキュメンタリーみたいなやつさ」

並木は目を輝かせた。

「そうかぁ。いいなそれ、絶対撮れよ」

一球荘のある東中野までは電車で駅二つだ。車中は映画談義で盛り上がったが、実家のある高円寺まで乗り越すと並木が言い出し、小畑は顔を曇らせた。

「泊まってくるの？」

「そうなるかもな」

「並木、今日はごめん。なんか、僕のせいで妙なことになっちゃって……」

口にするまいと思っていたが、並木が実家に帰ると聞いて急に怖くなった。一人で先に店を出たのも気になる。並木のヒジの故障が深刻なのは、剛原よりむしろマネージャーである小畑のほうがよく知っている。競走部の北の台詞は相当ショックだったはずだ。しかも、あんなに大勢の前で……。並木はもう一球荘に戻らず、このまま野球部を辞めてしまうのではないか。

探る思いで見上げた並木の顔は、だが、くすぐったそうに笑っていた。

「よせよせ小畑。ぜんぜん気にしてないよ。それよか、お前にも話しておきたいことがあるんだ」

並木はぐるりと乗客を見渡し、秘密めかした声で小畑に耳打ちした。

「俺、魔球を投げる」

「ま、魔球？」

素《す》っ頓狂《とんきょう》な声を上げた小畑は、慌てて自分の口を押さえて周りを見た。顔を並木に戻し、声を潜める。

「魔球って……何さ？　新しい変化球ってこと？」

「そう、誰も投げたことのない、誰も打てない球だ」

「あの……カーブとかシュートとかナックルとかじゃなくって？」

「そんなの魔球って言わないだろ？」

「あ、うん」

並木の言葉がようやく頭に届いた気がした。

「そうか、魔球かあ……」

小畑は呟いた。顔に笑みが拡がっていくのが自分でわかった。魔球でもなんでもいい。並木が野球に対する思いを語ってくれたことが、ただ嬉しくてならなかった。

並木のひたむきな姿をずっと見守ってきた。いつ投げ出してしまうかとハラハラしながら、しかし、並木は愚痴《ぐち》一つ言わず、毎日グラウンドに姿を現した。この三年の間に消化した気の遠くなるようなリハビリとトレーニングの量は、砂埃にまみれた練習日誌と、それをつける小畑だけが知っている。

並木は野球を捨てていない。夢を持ち続けている。その並木の存在は小畑の夢だ。喘息で大好きな野球を禁じられた、小畑の夢そのものだ。

電車が東中野のホームに滑り込んだ。

「並木、明日は寮に戻るよね？」

「戻るに決まってるだろ。実家に魔球のヒントがあるから寄るだけさ」

「わぉ」

小畑は顔を紅潮させ、ホームに半分体を逃しながら言った。

「僕もやるよ。絶対映画監督になるよ」

電車が動き出した。ガラス越しの並木の笑顔が遠ざかり、小畑は、言いそこねたことを一つ思い出した。

映画の舞台は大学野球だ。主人公のモデルは並木浩二と決めている。

4

高円寺の実家は静まり返っていた。

並木は薄暗い母屋に上がった。父の帰りが遅いことはわかっている。母はおそらく、末っ子のトシ坊を連れて国防婦人会の集まりだ。幸代は……と思いつつ廊下を進むと、奥の部屋から微かな光と「湖畔の宿」のメロディーが漏れていた。襖《ふすま》越しに声をかけたが返事がない。居眠りでもしているのかと襖を開くと、幸代の姿はなく、窓際の机の上で蓄音機が回っていた。長兄の真一が軍医として満州に赴任したのをいいことに、幸代が無断借用しているものだ。いずれにせよ、レコードがかけっ放しなのだから回覧板でも届けに行ったのだろう。並木は廊下を戻って仏間に入り、仏壇の引き出しから蠟燭《ろうそく》とマッチを持ち出して裏の納屋へ回った。

ただの夢物語を剛原や小畑に吹き込んだつもりはなかった。新しい変化球のヒントは、この納屋の奥に積み上げられた木箱のどこかに眠っている。並木は蠟燭を灯すと、椅子の上に乗って一つずつ木箱を降ろし始めた。伸び上がっての作業だからかなりの重労働だ。五つめの箱にかなりの重みがあった。中身は見ずともわかる。優勝カップ。メダル。額に入った賞状。夥《おびただ》しい数の新聞記事のスクラップ……。二月前、それまで自分の部屋に飾ってあったものを、ひとまとめにしてしまいこんだ思い出の品々だ。

あの日、野球を諦めた——。

朝起きた時、驚くほど右ヒジが軽かった。故障してから丸三年。痛みも違和感もなかったのは初めてのことだった。布団を撥《は》ね上げ、喜び勇んでグラウンドに駆けつけた。右腕に力が漲《みなぎ》っていた。完治を疑わなかった。自信満々、大きく振りかぶり、バックネットめがけて白球を投じた。が、そのボールは無惨な下降線を辿《たど》り、バックネットの手前で力なくバウンドした。馬鹿な。そんな言葉が口を突いて出た。投げた。投げ続けた。しかし、一球たりとも満足できるボールはなかった。へとへとになってマウンドに崩れた。拳で土を突いた。これ以上、ヒジが良くなることはない。再起は不可能。そうなのだと悟った。

それからのことはよく覚えていない。なぜ次の日もグラウンドに足を運んだのか。どうしていつも通りのトレーニングをこなしたのか。本当のところは自分でもわからない。

野球は一人ではできないから。そんなふうに思うようになったのは最近のことだ。中学時代からずっとチームメイトに囲まれていた。喜びもときめきも仲間の輪の中にあった。仲間といたい。今さら一人にはなれない。そういうことかもしれないと思う。

だからといって、完治することのない右腕をぶら下げた苛立ちが薄らぐわけではなかった。甲子園の栄光に縋《すが》っているだけだ、未練がましいやつめと自分を責め、無力感に襲われることもしばしばだった。チームメイトを騙《だま》しているような後ろめたさを感じるようにもなった。みんなの期待に応えられる球は二度と投げられないのだから。

投げられなきゃ野球部にいたって仕方ない。潔く辞めよう。

念仏のように心の中で繰り返していた。それは剛原や小畑の前で、今にも言葉になって口からこぼれ出そうだった。だが——。

それでも毎日投げているうちに、その念仏がふと違う意味に聞こえるようになった。完治は無理でも、ヒジはそれなりに回復し、だから、ボールを投げられないわけではない。中学生でも楽々打てる球かもしれないが、ともかく、キャッチャーのミットへは確実に届く。コントロールなら今でも並みの投手には負けない自信がある。投げられないのは速球だけだ。唸《うな》りをあげて走る、あの速球が投げられないだけなのだ。

並木の心に棲みついた新たな念仏は、奇《く》しくも今日、ボレロで競走部の北勝也が言い放った台詞そのものだった。

投げられるのに投げないのか――。

ここ半月というもの、並木は自らを鼓舞してきた。

投げてやる。もう一度、打者をキリキリ舞いさせてみせる。速球がだめなら変化球だってあるじゃないか。

その可能性を真剣に考えた。カーブを磨く。シュートやナックルを身につける。だが、速球が並以下では、どの変化球も決め球にはならないと思った。打者は、待っていれば必ずいつか投げてくる、のろまな速球を狙い打ちにすればいいのだ。ならば――。

魔球。その単語が脳を突き上げた時、並木は思わず吹き出したものだった。が、すぐに笑みは引いた。既存のどの変化球だって、初めて目にした打者にとっては、まさしく魔球だったに違いない。自分も編み出せばいい。誰も見たことのない新しい変化球を。打者がその変化球に怯《おび》え、のろまな速球すら打ち逃してしまうほどの、インパクトのある球を。

ヒントが頭を掠《かす》めたのは、ゆうべ遅く、いや、もう明け方に近かった。

例のごとく一球荘の部屋は南京虫の大群が出没し、並木は首に痛みを感じて目を覚ました。このところずっとそうだったように、新しい変化球づくりに四苦八苦している夢を見ていた。この夜の夢が少々違ったのは、末のトシ坊が現れ、並木の投球練習の邪魔ばかりしていたことだ。

遊んでくれないと拗《す》ねたトシ坊は、あろうことか、地面の石を拾って並木に投げつけた。迫りくる石に並木は息を呑んだ。ことによると、その驚きで目が覚めたのかもしれない。

石……。それがヒントだった。宙を飛ぶ石が、並木の遠い記憶を呼び覚ましたのだ。

胸の昂《たか》ぶりを知らせたくて、寝ていた剛原を叩き起こした。球を受けてくれとグラウンドへ連れだした。速球との別れの儀式。そんな思いもあった。ヒジの回復を信じ、三年間も黙って練習に付き合ってくれた相棒に立ち会ってほしかった。速球を捨てる。だが、野球は捨てない。剛原にその決意を伝えておきたかった。

——ああ、これだ。この箱だ。

並木は一番下の木箱を引きずりだした。

幼い頃の遊び道具を詰め込んだガラクタ箱だ。中を掻き回す。めんこ、凧《たこ》、べいごま、双六、けん玉、紙鉄砲……。

目当ての物はすぐに見つかった。「ヤンマ落とし」——オニヤンマを採る手製の道具である。二つの石ころを長さ四十センチほどの凧糸で繋げた代物だ。大きさは一方がハトの卵ほど、もう片方はそれよりやや小さめ。どちらの石も、中ほどがくびれていて、そのくびれに凧糸の両端がしっかり結び付けてある。

並木は小学生時代、オニヤンマ採りの名人だった。オニヤンマはトンボの王様だ。その大きさといったらないし、ムギワラやシオカラに比べて、飛んでいるところだって恐ろしく高い。それを狙う。ヤンマが悠々と上空で旋回を始めたところで、真下にポジションをとる。片方の石を握り、糸で繋がったもう一方の石をカウボーイよろしくグルグル回転させ、その遠心力を利用しつつ力任せに空へ投げ上げる。ヤンマ落としは一本の棒のようになって、ゆっくりと回転しながら目標に近づく。ヤンマが興味をしめして吶糸に触れると、石の重みの兼ね合いで糸が生き物のようにヤンマに巻き付き、地上の並木めざして落下してくる——。

言うは易しだが、実際には徒労の繰り返しで滅多に獲物を手にすることはできない。並木が名人と呼ばれたのには、ちょっとした秘密があった。他のみんなは二つの石の大きさを同じにしていた。並木もずっとそうしていたのだが、片方の石が糸から外れてなくなってしまった時、代わりにつけた石がやや小ぶりだった。以来、捕獲率は格段に高まった。空に舞い上がって回転を始めたヤンマ落としは、大きい石が上に来た時は速く、その逆の位置では回転が微妙に遅くなる。力学的なことは頭の外だったが、ともかく、オニヤンマの習性なのだろう、その二段階の変化をするヤンマ落としに強い興味を示し、だからよく糸に絡《から》まった。

二段階の動き——。未明のインスピレーションはそこにあった。

一つのボールに二つの変化を与える。打者の手許に届くまでにボールが二度変化する。それは、これまでの変化球の常識を覆《くつがえ》す、脅威の球種となるに違いない。

並木はヤンマ落としをポケットにねじ込んだ。

不意に小畑の上気した顔が浮かんだ。ロイド眼鏡の奥の両眼が輝いていた。『キネマ旬報』や

『新映画』を立ち読みしたり、映画研究会にちょこちょこ出入りしているのは知ってたが、監督を目指しているとは初耳だった。

胸に温かいものが広がった。

並木は微笑み、揺らめく蠟燭の炎を勢いよく吹き消した。

5

母屋に回ったが、母はまだ戻っていなかった。ひょっとして父は帰ったかと思い、並木は書斎の襖をそっと開けてみた。

真っ暗だった。父の帰宅が遅くなったのは春先からだ。全国の小学校が一斉に国民学校と名を改め、軍部主導の教育がこれまで以上に徹底された。学校現場にも混乱があるらしく、校長職にある父は教育方針の検討やら教師に対する指導やらでことのほか忙しい。

並木は電灯を点け書斎に足を踏み入れた。黴《かび》臭い本の匂いが鼻腔《びこう》をくすぐり、タイムスリップしたかのような思いにとらわれる。造り付けの本棚に隙間なくびっしり収められた書籍の数々は、幼い並木の胸をときめかせた。日本文学と外国の文学全集も揃っていた。父に勧められるままに、あるいは自らこっそり引っ張り出して、夜遅くまで布団の中で読み耽《ふけ》ったものだった。

並木は座卓に目を落とした。教科書とおぼしき薄っぺらな本が開いてあった。

日本よい国　きよい国　世界にひとつの　神の国
日本よい国　強い国　世界にかがやく　えらい国

——こんなのなかったな、俺の頃は……。

表紙を返すと、『うたのほん　下』とある。別の頁を捲って驚いた。ドレミが消えていたからだ。「ドレミファソラシド」は「ハニホヘトイロハ」と置き換えられていた。

並木は重たい息を吐いた。

外来語と外来思想は追放される……。サード津田はさらに過激に「駆逐される」と口にする。

甲子園大会の中止ばかりではない。職業野球にも暗い影は落ちていた。知らぬ間にチーム名からカタカナが消えた。『タイガース』が『阪神』に、『セネタース』は『翼』に。だが、そんなことぐらいで済むだろうか。野球のルーツは言わずと知れたベースボールだ。野球は思想ではないにせよ、アメリカと戦争を始めたからには、やがて野球も——。

「やっぱり浩二兄さん！」

びくっとして振り向くと、幸代が女学校の制服姿で立っていた。

「いたのか、サチ」

「まっ、失礼な言い方。帰ったのなら声をかけてよ」

「かけたんだ。それよか、玄関あいてたぞ。お前しかいないんなら戸締まり忘れちゃだめだろう」

「残念でした。一人じゃないもん」

「誰か来てるのか」

「そ」

「誰だよ？」

「さあ、誰でしょう」

悪戯っぽく笑いながら、幸代は並木の手を引いた。

「おい、よせ……」

廊下に出て、幸代の部屋のほうへ連れて行かれた。また「湖畔の宿」がかかっている。よろけるように部屋に入ると、おさげ髪の女学生が振り向き、小さく頭を下げた。

目が合った。

並木は挨拶《あいさつ》も返さず、学帽を取るのも忘れていた。

「忘れちゃったの兄さん？　美奈子《みなこ》さんよ。川向こうの、み・な・ちゃ・ん」

耳を疑った。

鳴海《なるみ》美奈子――。

「美奈ちゃん？」

並木が小さく指差すと、美奈子は照れ臭そうに頷いた。

——嘘だろ？

危うく声に出すところだった。

「ほらぁ、座ったら」

棒立ちの並木の脇腹をつつくと、幸代はちゃぶ台に両膝を寄せて座り、裁縫バサミに手を伸ばした。戦地の兵士に送る慰問袋を作っていたところらしい。余り切れと紙で和装の人形を折りあげ、お国のためにがんばってくださいなどと綴った手紙を添えて袋に詰める。毎日のことだから、二人とも慣れた手つきだ。

手を動かしながら、幸代は顎を引いてクスクス笑った。

「ねえ、浩二兄さん」

「何だよ？」

「あんまり綺麗になったんで、誰だかわからなかった——でしょ？」

「ば、馬鹿言え」

「だって、顔にそう書いてあるもの」

「サチ！」

「ほーら、赤くなった」

「サッちゃんたら。浩二さん、困ってるじゃない……」

赤くなったということなら、美奈子も負けていなかった。

並木は目の端で美奈子を見た。幸代とは幼馴染だから、昔はこの家によく遊びにきていた。並木の記憶にいる美奈子は、泣き虫のタドンだ。真っ黒に日焼けしたまん丸い顔。気弱で無口。勝気な幸代にちょっかいを出されていつもメソメソ泣いていた。何年会っていなかったろう。目の前にいる美奈子は、脱皮でもしたのではないかと思うほど可憐な娘に成長していた。

「美奈ちゃんも兄さんに会いたがっていたのよ。ね？」

「もうッ、やめてったら」

美奈子は幸代をぶつ仕草を見せ、そのまま並木に背を向けてしまった。

細いうなじに目がいった。淡い後れ毛が渦を巻く、そのうなじまでがピンク色に染まっていて、並木を落ち着かなくさせた。

「さて、一休みしてお茶でもいれようかしら」

幸代がわざとらしく言って立ち上がった。その段になって並木は、さっき幸代の姿が見えなかったのは、美奈子を呼びに行ってたからではないかと疑った。

美奈子も腰を上げかけたが、いいからいいからと幸代は美奈子の両肩を押して、軽やかに部屋を出ていった。

妹に演出された「見合い」は気恥ずかしいものだった。美奈子もそうなのだろう、体は半分こちらに戻していたが、下を向いたまま紙を折る手を止めない。親指の節《ふし》にあかぎれが覗いた。

並木は空回りする頭のまま口を開いた。

「それ、幾つ作るんだい？」

「今夜はあと十ぐらい……」

「大変だな」

「ええ。でも、兵隊さん、すごく喜んでくれるらしいんですよ」

美奈子は嬉しげに言って顔を上げた。

「今日からアメリカとも戦うことになったんですよね。私たちも頑張らなくちゃって、サッちゃんと話してたんです」

その瞳は真っ直ぐで、並木は気後れを覚えた。姿形ばかりか、泣き虫のタドンはもうどこにもいなかった。

「美奈ちゃん、いくつになった？」

「十六です」

「あ、そうだよな、サチと一緒だから……」

「ええ」

「そうか、もう十六か」

「浩二さんは？」

「俺は十九。正月には二十歳になるけどね」

「十八日ですよね」

誕生日を言い当てた美奈子は、俯《うつむ》いて言葉を足した。

「前にサッちゃんに聞いたから……」

「ああ、そうなんだ」

照れて返した言葉はぶっきら棒になった。美奈子は萎縮したふうだ。「湖畔の宿」も終わってしまっていて、蓄音機の針はレコード盤の根元で波打っていた。話題を探すうち、美奈子の父親が去年病死したことを思い出した。並木は遠征合宿に行っていて葬儀に顔を出せなかった。悔みの言葉をかけたほうがいいだろうか。今さら思い出させては可哀想か。迷いが、ますます美奈子との会話を遠ざけた。

幸代は風呂の湯でも沸かしているのではないかと思うほど焦らしに焦らした挙句《あげく》、ようやく小さな湯呑み茶碗を運んできた。

「お待ちどおさま——あれ、レコード終わっちゃったわね。もう一回かける？」

「これしかないのか、レコード」

怒ったような声になった。遅いぞ、と言ったつもりだったが、幸代は誤解か曲解か、にんまりと大人っぽい笑みを浮かべた。

「ムードミュージックとかがいい？」

「お前な」

「あるわよ、真一兄さんの部屋にいっぱい」

並木は舌打ちした。と、その拍子に聴きたい曲が頭に浮かんだ。

「サチ、ボレロはあるか」

「ボレロって？」

「知らないのか」

「ラヴェルのボレロでしょ。スペインの舞踏曲」

美奈子が嬉しそうに割り込んだ。

「私、大好きなんです。浩二さんも？」

そう問われて、並木は苦笑いを浮かべた。

「いや、ホント言うと、一度も聴いたことがないんだ。聴きたいと思ってるんだけど」

「うちにはないと思うな。真一兄さん、ジャズと映画音楽ばっかりだもの」

「あ、だったら今度お貸しします。うちにレコードありますから」

美奈子は弾んだ声で並木に言い、が、次の瞬間、恥らうように外した目線がふっと柱時計に止まった。

「大変！」

小さく叫んで美奈子は腰を上げた。

「兄さん、遅いから送ってあげて」

「平気です。近いから」

美奈子が顔の前で手を振ったが、並木はもう立ち上がっていた。

「いや、送るよ。もう暗いし」

玄関に向かうと、丁度、母とトシ坊が戻ってきたところだった。

「あら、浩二さん、帰ってたの」

「うん。ちょっと用事があってね」

「おばさま、こんばんは」

美奈子が丁寧に頭を下げた。

「あらら、美奈ちゃんも来てたの」

「俺、ちょっと送ってくるから」

母は曖昧《あいまい》に頷き、並木にだけわかるように眉を顰《ひそ》めてみせた。「憲兵さんに見つからんようにね」と言っている。若い男女が連れ立って歩いたりすれば、近所の口だってうるさいご時世だ。

母と違って、トシ坊は露骨に並木と美奈子を睨みつけた。

甲子園で大活躍した兄はトシ坊の自慢のタネのはずだが、今は国民学校の三年生で憲兵並みの教育を受けているから、ひょっとすると、そこらの大人たちよりも規律や風紀の目は厳しい。並木は苦笑しつつトシ坊のいがぐり頭をくりくりっと撫《な》でた。魔球のヒントをもらったお礼のつもりだったが、並木の手を振り払うようにして、小さな体が母屋に駆け込んでいった。

美奈子の家は川を挟んですぐ向こう側に見えるが、遠回りして橋を渡らねばならないので五分ほど歩く。

外の空気を吸った解放感か、それとも暗い夜道で顔もよく見えない気楽さか、美奈子は親しげに話しかけてきた。

「ねえ浩二さん。覚えてます？」

「ん？　なんだい？」

「私が臭ぁいところにはまっちゃった時のこと」

大きな瞳が、愉快そうに動く。

ああ、と言って並木も微笑んだ。

小学生の頃の話だ。夏休みだった。オニヤンマを採りに街外れまで出かけた並木のあとを、一年生にあがったばかりの美奈子がひょこひょこついてきたことがあった。上空にヤンマを見つけ、いざ勝負とばかりヤンマ落としを握った時だった。背後でけたたましい悲鳴が上がった。美奈子が肥《こ》え溜《だ》めに落ちてしまったのだ。慌てて引き揚げ、なにしろ臭いので服を脱がせて川で洗ってやった。泣き虫の美奈子は、それこそ火がついたように泣き叫び、仕方なく、おぶって家まで連れ帰った。オニヤンマは、ちょうど採りごろの高さを悠然と旋回していた。くそっ、タドンさえ肥え溜めにはまらなけりゃ——。

「あの時、オニヤンマのこと考えてたでしょ？」

不意を衝《つ》かれて、並木は少し慌てた。

「おぶってもらって、浩二さんの背中見ているうちわかったんです。ああ、オニヤンマのこと考えてるぅ、って」

「そうだったかな……」

美奈子は後ろ手を組み、わざと一歩、二歩遅れて、並木の背中を覗き込む仕草をした。

「男の人が、背中でものを言う、って本当ですね」

「えっ？」

「今も別のこと考えてるでしょ？」

言われてみて、並木はポケットの中でヤンマ落としを握っていることに気付いた。

「あ、もうここでいいです。ありがとうございました」

橋の袂《たもと》で、美奈子は深々とおじぎをした。そのまま顔を見せずに小走りして、だが、すぐにスカートを翻した。

「古典的なこと言っていいですか」

「えっ？」

「私、ハダカ見られちゃったんですから、ちゃんとお嫁さんにしてくださいね」

暗くて表情は窺えなかった。

いとおしさにも似た温かい思いが湧き上がったのは、小さな影が橋の向こうへ消えるのを見送ったあとだった。心が躍っている。家路についた並木の足取りは軽やかだった。

ふと笑いが込み上げた。タドンと美奈子のカンの良さがそうさせた。

並木はポケットからヤンマ落としを取り出し、昔のようにブンブン振り回して空へ投げ上げた。

一つのボールに二つの変化を与える。実際にどうすればそんな球が投げられるのか。夜空に吸い込まれて見えなくなったヤンマ落としのように、魔球の投げ方はまだ闇の中だった。

6

「ただいま!」

声が上擦っているのが自分でわかった。母が台所で何か言ったが耳に入らず、美奈子は仏間に直行した。

祖母は眠っているようだった。美奈子は仏壇の前で膝を揃え、線香を上げた。祖父と父の位牌に手を合わせ、だが、今日は神妙な気持ちにはなれなかった。

顔が火照る。胸がまだドキドキしている。

並木は初恋の人だ。でも、それ以上だと思う。あの夏休みの日ばかりではない。幼い頃、並木の背中をよく追いかけた。眼差しが優しかったからだと思う。ついてくるなと邪魔にしたり、怒ったりしているふうでも、美奈子に向ける並木の眼差しは、いつだって優しかった。中学に上がった並木は野球部のエースとなり、遥か遠い存在になってしまったが、通学途中の大きな背中を見つけた時の嬉しさは格別だった。三年前の夏、どうしてもと父にせがんで甲子園へ連れていってもらった。決勝戦だった。マウンドの並木は輝いていた。自信に満ち溢れ、日焼けした精悍な顔は微笑んでいるようにさえ見えた。背番号「18」はまさに無敵だった。三振を十二も奪い、相手チームをシャットアウトした。歓喜の渦の中、たまらず父の手をすり抜け、球場の通路に紛《まぎ》れ込んだ。インタビューに答える優勝投手の晴れがましい姿を見つけた。バスに向かう後姿を夢中で追いかけた。だが、カメラマンやファンに揉みくちゃにされ、どうしても近づくことができなかった。

それきりになった。並木はA大の寮に入り、近所で姿を見かけることもなくなった。父が肺炎を拗《こじ》らせて急逝し、美奈子の生活環境もがらりと変わった。叔父の紹介で母が紡績工場に勤めに出た。足腰の弱った祖母の面倒はもっぱら美奈子の仕事になった。今いる女学校は大好きだが、家の経済状況を考えると、諦めなくてはいけないのだろうと思う。心が沈み真夜中に涙ぐむ、そんな日々を重ねていた。でも、並木に対する気持ちはずっと変わらなかった。淡い思いは次第に熱を帯び、胸の奥の大切な場所にしまわれていた。

一度だけ大胆な行動に出たことがある。今年の七月、叔父に届け物を頼まれて新宿へ行った、その帰りだった。電車を途中下車して、A大野球部のグラウンドを覗きに行ったのだ。ひと目姿を見たかった。わくわくしながら「18」の数字を探すうち、ハッと息を呑んだ。背番号のない白いユニフォームが、誰もいない外野に向って走っていた。寂しそうな背中だった。ヒジを怪我したことは、新聞で読んで知っていた。こっそり様子を見にきたことが、なにやら疚《やま》しい気がして恐くなり、逃げるようにグラウンドを後にした。きっともう会えない。そんな気がしていた。縁がなかったのだと自分に言い聞かせようとしていた。

だからさっき、幸代が誘いに来てくれた時は嬉しさに足が震えた。いま浩二兄さんが帰ってるのよ。納屋でゴソゴソやってるの。早く早く！　祖母も行っておいでと言ってくれた。幸代と道を走りながら、心は並木に飛んでいた。会いたくて会いたくてたまらなかった。

お嫁さんにしてくださいね。

あの人はどう思ったろう。暗くて表情はわからなかったが、呆気にとられていた気がする。不快だったのだろうか。いや、きっと眼差しは優しかった。微笑んでもいた。私に好意を持ってくれた。そうならいいのに――。

「お帰り」

祖母のか細い声に振り向いた。枕の上で、皺に沈んだ小さな目が美奈子を見つめていた。

「おばあちゃん、遅くなってごめんなさい」

「会えたのかい？」

「うん」

思わず笑みが零れた。

「美奈子、あんまり好いちゃだめだよ」

「えっ……？」

「若い男子は大切なお国の宝だからね」

きっと戦争のことを言っている。祖父は日露戦争で亡くなった。思い出しているのかもしれない。祖母の瞳はどことなく寂しげだった。

「待つんだよ。一生懸命祈って待つの……。わかる？」

美奈子は頷いた。年が明ければ並木は二十歳になる。やがて召集され、戦地に行くことになるだろう。アメリカに勝てば戦争は終わると先生は言っていた。それまで銃後を守る。頑張れると思う。並木の帰りを待つのであれば、待っていて欲しいと言ってくれるのなら、どんなに辛いことだって我慢できると思う。

廊下に足音がした。

「こんな時間までどこへ行ってたの？」

怒った顔の母が部屋に入ってきた。

「ちょっくらね、おつかいを頼んだんだよ」

祖母が庇ってくれなければすぐには言い出せなかったろう。

「ねえ、お母さん」

「なあに？」

「うちにボレロのレコードあったよね？」

7

五日後――。小畑はベンチの片隅に所在なげに座っていた。

微かな嫉妬《しっと》が胸にある。三塁側のブルペンで、並木が剛原を相手に投げている。バッテリーはボールで会話をする。この時ばかりは誰も二人の間に割り込むことができない。

夕陽が崩れながら土手の向こうに消えようとしている。とっくに練習時間は終わっていたが、部員たちは寮に引き揚げず、グラウンドの隅やベンチの中でだらだらと用具整理やグラブの手入れをしていた。各々そうしながら、ブルペンの並木を視野のどこかに入れていた。魔球。そんなものが本当につくれるのか。

「非論理的かつ非現実的だ」

ベンチの奥の席でサード津田が呟いた。

小畑だけでなく、そこにいたショート伊佐とセカンド遠山も返事をしなかった。

並木が振りかぶった。「鶴の舞」の華麗さは影を潜めている。フォームよりもボールの握り方に並木の神経がいっていることは、ベンチからでもわかる。投げた――。剛原のミットに吸い込まれた。カーブだ。球威はない。無言で剛原がボールを返す。並木はそのボールをじっと見つめ、手のひらの上で転がすようにして縫い目の位置を変える。指先を伸ばしたり曲げたりしながら慎重にボールを握り、剛原に目を戻し、また投げた。カーブ。さっきより曲がらなかった。ボールが投じられる都度、誰かの口から音のない溜め息が漏れる。事情を知らなければ、いや、たとえ知っていても、見ていて退屈極まりないこの投球練習が延々三時間も続いている。だが、並木の表情はいつになく真剣だ。だから何も起こらないと思いつつも、つい次の投球に「何か」を期待してしまう。

並木が投げた。またしてもカーブ。

「カーブはいくら投げてもカーブだろう」

津田が冷たく言い放ったが、三人は返事をしない。

「アヒルの子はアヒルだ。白鳥には化けん」

「こんなことをしていていいのか？　日本は今、米英と交戦状態にあるんだぞ」

山なりのボールが並木に返される。

投げた。スローカーブ。

「なにが魔球だ、時間と労力の無駄遣いに過ぎん」

投げた。カーブ。やはり緩やかに曲がるだけだ。

津田は小さく息を吐いた。

「ま、発想としては面白いけどな……」

今度は三人して同時に頷き、小畑が口を開いた。

「面白いよ」

「だが、カーブはどう転んでもカーブだ」

「でも面白いよ」

ボールを受ける剛原はあくびを嚙み殺したような顔だ。緊張感のかけらもない。しかし、並木には程好いのかもしれない。何も手がかりが見えていないのに女房役に熱くなられたら、焦りを感じてしまうに違いない。

「まったく、ミイラ取りがミイラになっちまいやがって……」

津田の視線は剛原に向いていた。

五日前、剛原は大人びた口調でみんなに言ったものだった。「魔球なんて戯言《たわごと》だ。いつまでも野球にしがみついてたんじゃ並木のためにならねえ。俺がきっちり引導を渡してやる」。が、並木と部屋に籠《こ》もって二時間。ナインの前に戻った剛原は、下唇を突き出して頭を掻いた。「やつの気が済むまで付き合うことにすらぁ」。つくれる可能性があるのか、と津田に突っ込まれた剛原は「ない」と即答し、そしてぼそぼそ言った。「魔球そのものは戯言だが、並木の話しっぷりが魔球みてえなんだ。すっかり丸め込まれちまった」――。

その時、小畑は剛原の台詞が腑《ふ》に落ちた。一瞬にせよ、剛原は夢を見たのだ。並木と同じ夢を。並木はそういう男だ。濁りのない彼の目は、人に夢を見させる――。

津田が苛立ちをちらつかせて腰を上げた。

「俺はあがるぜ」

「うん」

「しかし、剛原がいてくれて良かったぜ。あいつ以外に捕手をやれるのは俺だけだからな」

小畑はにやりと笑い、首を回して言った。

「受けてみたいんじゃないの?」

「何?」

「並木の球さ」

「馬鹿言え。妄想に付き合うのは御免だ」

「妄想は言い過ぎだろう」

口を尖らせたのは遠山だった。伊佐も不満げな顔を津田にぶつけた。

「お前らまで魔球病か?　来年もうちは最下位決定だな」

「僕は剛原が羨ましいよ。見たこともない球を受けられるかもしれないんだから」

小畑が言うと、津田は手荒くバッグを肩に担いでちらりとブルペンを見た。並木が投じた球をカーブと見極めるや、「百年かかっても無理だ」と吐き捨てて踵を返した。

しばらくして小畑も腰を上げた。夕食の準備がある。遠山と伊佐はあと少しだけ見ていくと言う。小畑はなんだか嬉しくなった。

その夜、一球荘でちょっとした騒ぎがあった。

寮の郵便受けに並木宛ての手紙が届いていた。それを剛原が見つけ、並木が外の水道で足を洗っている間に勝手に開封してしまったのだ。

浩二様

ごめんなさい。ボレロのレコード、どこを探しても見つからないんです。

でも、きっとどこかで探してきます。楽しみにしていてください。

美奈子

追伸　家まで送っていただき、ありがとうございました。また背中を見せてくださいね。

「お前、なんで勝手に開けた？」

並木と剛原は寮の食堂で揉み合っていた。

「だってよ、『浩二様』ってだけで、ここの住所も書いてなきゃ、切手も貼ってねえんだ。不審に思うだろうが」

「だからって開けないだろうが、普通」

「開いちゃったんだよ、ちょっと触ってたら。ほれ、見てみろ。糊がほとんどついてないだろ？」

赤らんだ顔で詰め寄る並木と、懸命に言い訳する剛原。みんな笑いを堪えて様子を見ていた。夕食前の時間潰しに格好のネタだ。

「だって俺は女房役だぜ。ご主人様に来た手紙を読んだってバチは当たらないはずだ」

「誤魔化すな」

「だったらお前も誤魔化すなよ」

予想通り、にやりと笑って剛原が反撃を開始した。

「一つ聞くがよ——美奈子って誰だ？」

「誰だっていいだろうが」

「だ・れ・だ？」

並木はムキになって言い返したが、剛原はまったく動じない。

「妹の同級生だ。それがどうした」

慣れない開き直りは通用しなかった。

「どうもしねえよ。が、恋女房としてはちっとばっか気になるわけよ。アタシをほったらかしにして他の女と逢引してるんじゃないかしら、ってな」

「馬鹿言ってろ」

「ああ、言うぜ。嫉妬は怖ぇぞ」

「おーい、小畑――メシはできたか」

盛り付けは済んでいたが、あとちょっと、と小畑は返事した。みんなの期待を裏切るわけにはいかない。

「歳は幾つだ？」

「知らん」

「知らん？　お前、妹の歳を知らないって言い張るつもりか」

「十五か……十六だ」

「うんうん。で？　その十五か十六の美奈子ちゃんと二人でボレロを聴く約束をしたってわけだ」

「約束なんかしてない」

「しかもお手々つないで家まで送った、と」

「小畑、まだかよ？」

あと五分、の声。

「いいから吐いちまえ」

剛原の腹に並木がぐりぐりと拳をめり込ませた。

「お前さ、腹減ってないのかよ」

「腹でなく、また背中を見せてくださいね」

「この野郎――」

「しかし、問題だよな」

剛原がわざとらしく眉を寄せた。

「住所も切手もなし。とすりゃあ、直接届けに来たってことだ、この女人禁制の一球荘に」

「えっ？　そうなのかよ？　俺、そんな規則、知らないぞ」

並木が真顔で言うので、みんな笑った。剛原が「大本営の発表だ」とオチをつけてさらに笑わせた。

食堂のラジオが、その「大本営発表」を流していた。真珠湾奇襲から五日。日本軍は勝ち戦を重ねているらしかった。

8

昭和十六年は「鬼畜米英を撃て！」の大合唱とともに瞬く間に暮れ、明くる十七年は勇ましい軍艦マーチと抜刀隊《ばっとうたい》の歌で明けた。新聞とラジオは連日、陸・海軍部による戦果報告を派手に伝えていた。

《大本営発表！　現在までに判明せる戦果、以下の通り！》

陸軍第十四軍、マニラを占領——海軍陸戦隊、セレベス島に落下傘降下——ラバウルを占領——ジャワ島上陸——東部ニューギニア上陸開始——。

まさしく破竹《はちく》の勢いだった。国内は沸きに沸いた。米英との国力の差を案じていた学生たちもそうだった。杞憂だったのだ。いざ蓋を開けてみると、「勝った、勝った、また勝った！」である。知らぬ間に日本はこれほど強い国になっていたのか。そんな驚きとお祭り気分に大学の教授すら浮かれていた四月、並木はA大本科文学部に進んだ。

「おーい、並木、遅れるぞ！」

剛原が一球荘の前でがなっている。

「いま行く！」

並木は軍服まがいの教練服を肩に引っ掛け、身軽に窓から飛び出した。今日は軍事教練のある日だから、前をぞろぞろ歩く野球部員もみな教練服姿で、膝から下にはゲートルを巻き付けている。

「聞いたか小畑」

剛原が得意そうに切り出した。

「バターン半島のアメリカ軍が、昨日とうとう降伏したんだぜ」

「うん、聞いたよ」

毎日のことで、小畑はうんざりしている。

「誰かさんは言ってたよなぁ、日本はアメリカに勝てないとかなんとか。ハハハハッ!」

小畑に意見が近かったはずのセカンド遠山、ショート伊佐の二遊間コンビも、日本軍の快進撃にすっかり気を良くしていた。

「南方軍は無敵だな」

「海軍だっていいぜ。セイロン島沖じゃ、さんざん敵艦を叩いたらしい」

サード津田はいよいよ勝ち誇った顔だ。

「最初からわかっていたことだ。ルーズベルトが無能なのさ。ヒトラーとは器が違いすぎる」

無口なファースト盛岡も、うんうん頷いているから、A大野球部の内野陣は息もぴったりといったところだ。並木にしたって、あまり剛原のイビリがひどければ小畑の肩を持ったりもするが、内心、日本の強さには舌を巻いていた。

桜並木に差し掛かった。満開だ。その向こうから、おさげ髪の女学生の一団が近づいてきた。

「お早うございまーす」と明るい声を揃えてすれ違っていく。剛原はその一団にくるりと振り向き、ああ、とオーバーに嘆いてみせた。軍需工場へ勤労奉仕に行くのだろう、みんながみんなモンペ姿だ。

「まったく、色気もへったくれもあったもんじゃねえ。あの乙女の香りかぐわしきヒラヒラのスカートは、一体どこにしまいこんじまったんだ?」

剛原が腰を振りながら開いた両手を蝶のようにはためかせ、そして嬉しげに並木を見た。

「よう並木、お前の可愛い美奈ちゃんもモンペかい？」

「黙れ」

「おっと、おっかねえ。さては本気でホレたな」

「それ以上言ったら殺すぞ」

「おお、やってくれ。殺してくれ。どうせこの身はお国に捧げたものだあ」

並木は舌打ちした。会わせたのが失敗だった。どうしてもと土下座して拝むので、美奈子を一球荘に呼んだ。以来、剛原は、美奈ちゃん、美奈ちゃんと、日に十遍は言う。だが……。

嫌ではない。はやし立てられるたびに、手足がむず痒くなり、胸一杯に甘酸っぱいものが広がる。開戦の日以来、月に一度は会っている。寮に呼んだのだって、美奈子をみんなに自慢したい気持ちがあったからだった。その帰り道、美奈子はずっと笑顔だった。友達に会わせてくれたのが嬉しい。そう何度も口にしては踊るような仕草を見せた。

突然、並木は我に返った。風に舞った桜の花びらが、そっと頬を撫でていった。白ともピンクともつかない可憐な花びら……。

「さあ、いっちょう気張るとすっか」

剛原がつまらなそうに言った。みんなの顔からも笑みが引いていた。校門が近い。例のごとく、配属将校の陸軍少佐が睨みをきかせている。さっそく怒声が飛んできた。

「こら、貴様！」

小畑が呼びつけられた。服のボタンが一つ外れていたのだ。

並木は音のない息を吐いた。

ここ何年かで大学は変わった。反戦の意見をもつ教授たちは大学から追放されるか投獄されるかして、めっきり軍国色が強まった。出される論文の課題も「防諜」や「必勝」といった戦争絡みのテーマが増えたし、フランス語に第一外国語の座をとって替られた英語の教授は肩身が狭そうだ。代わりに配属将校や憲兵が我が物顔で構内を歩き回り、教授や学生の言動に目を光らせている。もう学府とは名ばかりで、学生たちは軍事教練と年間三十日の勤労奉仕が最も重要な課業だと思い知らされていた。

口髭を蓄えた陸軍少佐は、今日ものっけから居丈高《いたけだか》だった。

「貴様らたるんどる！　前線で戦う皇軍《こうぐん》将士の労苦を思え！　軍事教練を疎《おろそ》かにする者は卒業させんぞ！」

整列した学生が、声高らかに軍人勅諭《ぐんじんちょくゆ》を捧読する。いわば軍隊の憲法であるから、直立不動で腹から声を出す。

「一つ！　軍人は忠節を尽くすを本分とすべし！」

見渡す限り白けた顔だ。誰一人、本気で教練などやってはいなかった。近いうちに学生の徴兵猶予が取り消される。そんな噂が流れてはいたが、自ら銃を手にして戦地に赴くという想像には現実味がなかった。剛原は「教練は腹が減るだけだ」とよくサボったし、最も好戦的な津田だって「こんなものは無意味だ」と不貞腐《ふてくさ》れていた。

「担《にな》えーッ、銃《つつ》！」

訓練用の木銃を使って「担え銃」と「立《た》て銃《つつ》」を嫌というほど反復する。怒鳴られながら大学構内を行進した後、市街戦を想定した実戦訓練を命じられた。積み上げた土嚢《どのう》の陰に身を隠し、号令とともに突撃。敵に見立てた前方の藁《わら》人形を木銃で突き刺し、全力で走って次の土嚢の陣地へ移動する——。

並木の順番が回ってきた。思い出したくもない記憶が頭を過ぎる。これに似た訓練でヒジに致命傷を負ったのだ。だが、気のない突撃を見せれば鉄拳が待っている。

おお！　勇ましく叫び、並木は木銃を手に走り出した。腰を低くして突進する。藁人形をちょんと突き、また走る。髭の少佐があせいこうせいと叫んでいるが、構わず走って、ともかく目標の陣地へ滑り込んだ。息が上がる。

「犬っころみたいにハアハア言うな」

声でわかった。並木が顔を向けると、木銃を抱えた細い体が土嚢を背にしていた。競走部の北勝也——。

面と向かって名乗り合ったことはない。

「競走部の北……だよな？」

感情のない目が並木を見た。

「競走部はいらん」

「何……？」

「部はやめた」

「やめた？　足でも傷めたのか」

「いや、くだらんからやめた」

抑揚なく言って、北は視界を前に戻した。並木はその横顔を睨んだ。

投げられるのに投げないのか——。あの台詞はいい。みんなの前で言われたのは腹立たしかったが、剛原や小畑でさえ気づかなかった並木の内面をずばり言い当てた。斜に構えた態度と物言いは食えないが、しかし、気になる存在であることは確かだった。なのに今の言い草はどうだ。人にあそこまで言っておきながら、自分は「くだらないから部をやめた」と、しゃあしゃあと言ってのける。

「走れるのに走らないってわけか」

皮肉を込めて言うと、北は唇の端で笑った。

「お前とは違う」

「どう違う？」

「いいところの坊ちゃんにはわからん」

「何だと？　俺が苦労知らずだって言うのか」

「学生はみんな苦労知らずだろうが。金がなけりゃ大学なんて上がれん」

「だったら、お前も坊ちゃんの一人じゃないか」

並木が言い返すと、北は今度は鼻で笑った。

苦学生であることは一目でわかる。ボレロで目にした学生服と同様に、北の教練服はボロボロだった。右肩から胸にかけて繕《つくろ》いの縫い目が見え、そこら辺りがふんわりと膨らんでいる。余り切れを寄せ集めて作ったに違いない。だが、くだらないから走るのをやめたという台詞は聞き流せなかった。北という男に失望したくない。そんな気持ちもどこかにあったか。

並木は喉元にあった言葉を口にした。

「俺はまだ投げている。これからも投げ続ける」

北は、ほう、と小馬鹿にしたように受けた。

「春のリーグ戦はとっくに始まってるぜ」

「秋には間に合わせる」

「ヒジは治ってないんだろう？　通用するのか」

「通用する球を作る」

「作る？」

こいつには、はっきり言っておこう。並木はそう思った。

「ああ、俺は魔球をつくる」

どれほどの嘲《あざけ》りが返ってくるかと思ったが、意外にも北の反応は静かだった。

「魔球って何だ？」

「誰も投げたことのない球だ」

「できてるのか？」

「まだだ」

「でかいことは、できてから言え」

「お前はどうなんだ？　でかいことを言う気力もないのか」

北は何かを言い掛け、だが、言葉にはせずに顔を逸らした。

並木も視界から北を追い出した。木銃を握る自分の右手に目を落とす。

真冬から春にかけて、剛原相手に毎日ボールを投げていた。あらゆる球の握り方を試した。球を握る指の本数、力具合、指の曲げ方、球の縫い目と指の引っ掛かり方、球を離すタイミング、その時の手首や指の方向……。組み合わせれば、何百種類にも及ぶ球を投げ、それぞれの球の動きを観察してきた。時として、偶然カーブやシュートや落ちる球の動きを見せることがあったが、一度として球が二つの変化を見せたことはなかった。収穫ゼロ。そうとも言えた。

だが、四ヵ月投げ続けてわかったことが一つある。オーバースロー、つまり上から投げ下ろす従来のフォームからでは、ボールに二つの変化を与えるのは難しいだろう、ということだ。それはあくまで感覚的なものにすぎない。しかし、膨大な数の球を投げる中で摑んだその感覚に、思いきって従ってみようという気になった。

フォームの改造。それは、並木にとって新鮮で刺激的な出来事だった。

並木が歩いてきた野球の道は、あまりに順調すぎたかもしれない。見よう見まねで球の投げ方を覚え、幾つかの変化球を習ってモノにし、それが通用すると知ってからは、ただ闇雲に捕手のミットめがけて投げ込んできた。ボールは打者を打ちとるための道具でしかなかった。野球というスポーツの主役であるべきボールの存在を真剣に考えてみたことがなかった。

初めてボールと向き合った。格闘した。改めてこういうものだったかと感じ入った。ボールの大きさ、丸み、重さ、手触り。そして、その表情までも……。いとおしくなった。大切な相棒なのだとようやく気づいた。だから応じてくれたのだと思う。フォーム改造という新たな課題をボールが与えてくれた――。

うおおおっ！　地鳴りのような声に並木は気を戻した。木銃を抱えた剛原や小畑が突進してくる。

傍らで、北がすっくと立ち上がった。

「俺はな、走れるのに走らないわけじゃない」

並木は顔を上げた。感情の希薄な両眼がこちらを見下ろしていた。

「走る道がないから走らないんだ」

そう言い残して、北は次の陣地めがけて走り去った。

入れ替わるように、小畑が飛び込んできた。ロイド眼鏡を掛け直し、気遣う声で並木に言った。

「北のやつ、またなんか言ったの?」

「いや……」

並木は口を濁した。

走る道がないから走らない――。

言葉の意味を計りかねていた。それきり北と会うこともなく、謎の台詞は謎のまま心の隅にしまわれた。

9

日本軍の快進撃は束の間の夢だった。

開戦から半年後の昭和十七年六月、日本海軍の誇る航空艦隊が、米海軍の機動部隊にミッドウェー海域で大敗を喫《きっ》した。わずか二日間の戦闘で虎の子の主力航空母艦六隻《せき》のうち、「加賀《かが》」「赤城《あかぎ》」「蒼龍《そうりゅう》」「飛龍《ひりゅう》」の四隻を失い、航空機三百二十二機と熟練した優秀なパイロットの大半を海に散らした。

この「ミッドウェー海戦」を境に戦局は逆転した。日本軍は南へ南へと性急に兵を進めた結果、戦線が膨張しすぎて増援物資を送り込む海上の補給路が延びきっていた。そこを狙われた。ミッドウェー海戦に勝利して多くの海域を支配した米軍は、海上の補給路を遮断《しゃだん》して日本軍の先端拠点を孤立させ、ソロモン諸島のガダルカナル島を手始めに、その拠点を一つずつ叩いていく作戦を開始していた。

新聞とラジオは相変わらず大本営発表の戦果を仰々しく伝えていた。だが、なんとなくおかしい。日本は最初のころほど勝っていないようだ。そんな空気が巷《ちまた》に漂い始めた夏の終わりだった。

郷里に帰っていた小畑が、ボレロにひょっこり顔を出した。このところ勤労奉仕やら郷里の農作業の手伝いやらで、一球荘でも部員が顔を合わせることはめっきり少なくなっていた。

「わぁ、よかった！」

エプロン姿の並木をカウンターに見つけた小畑は、十年も会っていなかったかのような懐かしげな顔をした。

「ごぶさたです、マスター。えーと、ジャパニーズコーヒーお願いします」

くしゃっとウインクして、マスターは焼き焦がした大豆を缶から掬《すく》い、豆挽《まめひ》きにザザッと入れた。物資不足でコーヒー豆などもう手に入らない。米も味噌も醤油も、とっくに政府が管理する切符配給制になっていた。

「どうだった、福島のほうは？」

並木が聞くと、小畑は憤慨して言った。

「どうもこうもないよ。石鹸もマッチも蠟燭も何もないんだ。そのうえ悪いやつがいてさ。石鹸の行商でね、芋と交換していくんだけど、その石鹸使うと、途端に服がボロボロさ。さらし粉かなんか混ぜたインチキなんだ」

「ひどいなそれ——でも、おふくろさんには甘えてきたんだろ？」

「うん、まあね」

照れ臭そうに笑って、だが小畑はふっと何かに思い当たった顔になった。

「あ、そうだ。並木、競走部の北がオリンピックの候補選手だったって話、知ってたかい？」

「オリンピック？　北が？」

「そうなんだ」

「北に聞いたのか」

「いや、帰りの汽車でたまたま競走部のやつと一緒になってね——」

北が東京オリンピックのマラソンの候補選手だったという。誰もが忘れてしまったが、日本では二年前の昭和十五年に東洋初のオリンピックが開かれる予定だった。その東京五輪は日中戦争突入のあおりであっさり中止が決まったのだが、中止決定の少し前、北はA大競走部の監督に見込まれ、奨学金を受けて郷里の長野から上京したのだという。

「村のマラソン大会で、もの凄い記録を出したらしいんだ」

小畑が興奮気味に続ける。

「地方の小さな大会だから誰も注目しなかった。ところが、うちの大学の監督が人づてに聞きつけてね、こっそり引っ張ったんだって」

「こっそり？」

「うちの競走部は弱いだろ。鍛えればメダルを獲れそうな選手がいるなんて陸軍や文部省が知ったら、他の強い大学で練習させろってことになるさ。日本だって『民族の祭典』と一緒なんだから」

「そっか……そうだよな」

並木は頷いた。一昨年観た「民族の祭典」の映像が思い浮かんでいた。ドイツが製作したベルリン五輪の記録映画だ。ドイツ選手の活躍はめざましかったが、それより何より、恐ろしく大きなナチス党の鉤十字《かぎじゅうじ》が会場を埋め尽くしているのに肝を潰した。貴賓席《きひんせき》のヒトラーは上機嫌でフィルムに収まっていた。平和の祭典とは言いながら、小畑の言う通り、オリンピックは世界に向けて開催国の国力を宣伝する最高の舞台となっている。

「オリンピックに出られなかったから、あいつ、あんなにひねくれてんだ」

そう言った小畑の顔に険はなく、むしろ同情の色が覗いていた。

並木もそれを考えていた。

走る道がないから走らないんだ――。

謎だった北の言葉の意味が理解できた。上京はしてみたものの、東京五輪はすぐに中止と決まった。北はオリンピックのマラソン競技という最高の舞台を、つまりは「走る道」を失ったことになる。

――いや、待てよ……。

新たな疑念が浮かんだ。東京五輪の中止が決まったのは、北がA大に来てすぐだったはずだ。なのに北はその後何年も競走部に在籍していた。今頃になって走る道がないなどと言い出すのもおかしな話だ。

「なあ、小畑――」

並木は教練の日のいきさつを話した。

「ふーん、あいつ、そんなこと言ったんだ……。確かにおかしいね、そんな古い話を持ち出して」

小畑は頬杖をついて考え込み、しばらくして口を開いた。

「やっかみってやつかな。もともと北は並木のことを面白く思ってなかったよね」

「みたいだな」

「腹の中ではもう並木が野球を諦めたと思ってたんだ。なのに魔球を投げるって並木に言われて咄嗟にオリンピック話で対抗した――どう？」

筋は通っている。だが、そんな単純なことだろうか。

「いずれにしても頭にくる話だよね。走る道がなくなったとかカッコつけて、実際には大して練習もしないうちにオリンピックの中止が決まったんだからさ」

「違うよ」

言ったのはマスターだった。ポコポコ音を立てるサイフォンを見つめている。

「北君も随分長いこと練習してたんだ」

「えっ？」

並木と小畑は同時に発した。

「あの日、この店で一番辛い思いをしたのは北君だったろうね」

辛い思いをした？

「あの日っていつです？」

並木がカウンターに身を乗り出したが、例によってマスターはそれ以上言いそうで言わない。

あの日……。

並木は頭を巡らせた。あの日……この店で……日米開戦の日ということか。

「あっ」

その小さな叫び声も二人同時だった。

「ひょっとして東京じゃなく、ロンドン五輪を目指してたってこと？」

小畑が早口で言い、並木はゆっくり頷いた。

おそらくそうだ。北は四年後のオリンピックを目指していた。東京五輪は幻となったが、オリンピックは四年ごとにある。次はロンドン五輪だ。北は夢を繋いでいた。並木がリハビリに費やした膨大な時間と等しい時間を、北は苦しい練習に耐え、ロンドンへの道を走り続けていた。だが――。

あの日、日米が開戦した。イギリスも日本と戦争を始めた。ロンドン五輪はたぶん中止になる。万一、それまでに戦争が終わって開催されたとしても、敵国の日本が参加することはありえない。五輪出場の夢は完全に断たれた。日米開戦の興奮の中、北はこのボレロの片隅で、ひとり絶望的な状況と向き合っていた。

10

並木は気鬱な思いを胸にボレロを出た。

親戚の家に寄るという小畑と街角で別れた。あいつ、悔しかったろうね。小畑が口にした言葉が耳に残った。

夢の舞台を奪われた……。長野から上京した苦学生……。奨学金はどうなるのか……。

北に比べれば、並木の置かれている立場はましだった。大学リーグという舞台がある。秋のリーグ戦は試合数を減らしながらも、なんとか開催されていた。

だが、野球も風前の灯火だ。敵性スポーツとして睨まれている。軍部から敵性語を使うなと迫られ、「ストライク」は「よし」に、「アウト」は「だめ」とか「ひけ」とかに変えられるらしい。来年の春のリーグ戦が開催される可能性も極めて低い。四月だったか、米軍の空母から飛び立ったB25が東京などに奇襲爆撃を仕掛けた。たった一度の攻撃だったが、軍部や文部省は「野球は観客がいるから危険だ」といきり立った。敵性スポーツを日本から締め出すための口実。そう思えてならない。

やがて野球もやられる——。日米開戦の夜、父の書斎で感じた不安が現実のものとなろうとしている。北と同じだ。並木も投げる舞台を失う。

春先からサイドスローの投球フォームに取り組んだが、コントロールが全く定まらない。三球に一球、剛原の構えた場所に収まればいいほうだ。悪いことにヒジの痛みも再発した。新しいフォームは、これまでとはまた別の負担をヒジに強《し》いるらしかった。剛原は「もう諦めろ」と言う。「気が済むまで受けてやるけどな」とも言ってくれる。どちらを聞くのも辛い。魔球のまの字も見えてこないからだ。

その剛原も父親の体の具合が悪いとかで、先週、郷里の静岡へ帰ったきりだ。ひとりバックネット相手にボールを投げつけると、焦りと空しさばかりが跳《は》ね返ってくる。そうしているうちにも秋のリーグ戦は急ぎ足でゲームを消化している。今年で最後になるであろうそのリーグ戦が、並木を置いてきぼりにして終盤戦を迎えている。

一球荘は真っ暗だった。回覧板とポスターが木戸の隙間に突っ込んである。

《撃ちてし止まむ！　陸軍特別幹部候補生徴募　（陸軍省）》

《決戦！　一撃必滅！　～海軍志願の時機来る～　海軍予備学生募集　（海軍省）》

並木はポスターを丸め直し、パーンと壁に叩きつけた。寮に上がって廊下を荒い足で歩き、ドアを強く突いて開いた。

ちゃぶ台の上に、花柄のハンカチを掛けた小鉢が置かれていた。メモが添えてある。

浩二様

近くまで来たので寄りました。勝手におじゃましてごめんなさい。

美奈子

美奈子が届けてくれた芋と大根の煮付けは、とっても甘かった。いつもの癖で半分残した。ひょっとして、今夜あたり剛原が帰ってくるかもしれない。あいつなら歓喜の声をあげて汁《つゆ》まで啜《すす》る。

剛原は帰ってこなかった。他の誰も帰ってこなかった。物音一つしない。並木は、野球部に入って初めて一人になった気がした。

美奈子に会いたいと思った。顔が見たい。話をしたい。いっそのこと今から行ってみようか。

並木は腰を上げなかった。こんなときに会ってどうする。泣きごとでも言う気か。手を伸ばし、畳の上に転がっていたボールを握った。ぐうっと握りしめた。なんだかボールが憎らしく見えた。

終電の時間が過ぎ、本当に誰も帰ってこないとわかると、並木はボールを収めたグラブを手にして一球荘を出た。どうせ秋のリーグ戦には間に合わない。剛原なしでは練習にもならない。なぜ行くのかと自問しつつ、並木はグラウンドへの道を歩いた。月が出ているから。ボールが見えるから。

馬鹿らしい。やっぱりよそう。四つ角の手前で立ち止まった時だった。

並木は耳を澄ませた。

何か聞こえる。足音だ。闇の向こうから、タッ、タッ、タッと規則正しい足音が聞こえてきた。それは驚くべき速さで近づき、闇と空気を切り裂くような細い人影が並木の前方を過ぎった。

並木は声もなくその場に立ち尽くした。

瞬時だった。だが見えた。大きなストライド……。よく振れた腕……。月明かりが微かにその横顔までをも捉《とら》えた。

北だった。北勝也が走っていた。

並木は四つ角まで小走りになって、北が向かった先に目を凝らした。真っ暗だ。姿は見えない。だが聞こえる。遠ざかっていく足音が。

——あいつ。

込み上げたのは嬉しさだった。

ロンドン五輪は開催されない。開催されても日本の参加はない。

だが、北は走っていた。諦めていなかったのだ。微かな希望の光を見つめながらロンドンへの道を走り続けていた。

——違う。

オリンピックなんか、とっくに諦めている。なのに走っている。

走りたいからだ。ただ走るのが好きだからだ。北は自分で決めた自分の道を走っている。


この夜、並木は二百球を超えるボールをバックネットに投げ込んだ。

サイドスローの投球フォームが固まってきた。ぎこちないフォームだ。「鶴の舞」の華麗さなど微塵もない。だが、今夜はフォームのことなど少しも気にならなかった。清々しい気持ちでボールを投げ続けた。

たとえリーグ戦がなくなっても。たとえ野球そのものが日本から消えてしまったとしても。

二百十一球目。ボールを親指と人差し指の間に挟んでみた。

サイドスローから繰り出されたそのボールは、ふっと不思議な変化を見せた。

11

昭和十八年二月、日本軍は半年に及んだガダルカナル島の激戦に敗れ、撤退を開始した。

文部省が大学リーグの解散を通達したのは、その二ヵ月後だった。春のリーグ戦は幻と消えた。覚悟していたとはいえ、並木の失望は大きかった。追い打ちをかけるように、A大野球部にとってさらに深刻な問題が持ち上がった。剛原が陸軍の幹部候補生に志願すると言い出したのだ。

小畑がボレロに集合をかけた。内野陣に続いて、センター中村とレフト大竹が店に飛び込んできた。少し遅れてライト戸所が息を切らせて駆け込んできた時にはもう、並木が剛原の肩を揺すっていた。

「黙ってちゃわかんないだろ。剛原、言えよ、なぜ軍人になるんだ？」

剛原はいつになく神妙な顔で腕組みをしている。父親の病気見舞いで何度目かの帰郷をし、昨晩戻ってきたばかりだ。

「なあ、剛原――」

「わかった。言う」

剛原は一つ息を吐き出し、みんなの顔を見渡した。

「俺な、学生って身分が、なんだか重たくなっちまったんだ」

一瞬にして店内の空気が沈んだ。剛原が言わんとしていることはわかる。大学生や高等専門学校生らは二十歳を過ぎても徴兵が猶予されている。卒業するまで戦争に行かなくて済む。卒業の時期は一昨年から早められ、学生の修業年限は短縮されてはいたが、ともかく、在学中は軍隊とも戦地とも無関係でいられた。それを特権と詰《なじ》る人もいる。学生でない同年代の若者は「赤紙」と呼ばれる召集令状一枚で呼び出され、次々と戦地へ送り込まれていたからだ。

剛原は続けた。

「ああそうとも。学生はインテリだ。将来、国の舵取りをするエリートだ。なにも慌てて戦場で死なしちまうこともない。それはいい。そういう考え方もあるだろう。だが、俺を見ろ。俺は違う。間違って大学に来ちまったんだ。俺は将来の国のためになんか、なんの役にも立ちゃしねえ。ならばいま役に立とう。そう思ったんだよ」

郷里に帰った剛原は、母校の中学に顔を出したのだという。浪人中に世話になった恩師を訪ねたのだ。

「先生は俺を教室に引っ張り込んだ。俺の田舎じゃ、大学行ってるやつなんて何人もいないからな。後輩連中に東京や大学の話を一席ぶっていけってわけよ。ところが、生徒は誰も大学の話なんか聞きゃあしねえ。質問は戦争のことばかりだ。そのうち、一人の生徒が真っ直ぐ俺を見つめてこう言った」

なぜ先輩はお国のために戦わないんですか――。

「俺は返す言葉がなかった……」

小畑が立ち上がった。

「だ、だからって行くの戦争に？　僕らは職業軍人じゃないんだよ」

「聞けよ小畑」

剛原は穏やかに言った。

「上級生の教室は生徒が疎《まば》らなんだ。空いた机の上には『出陣』って書かれた三角の標識が置いてある。おそらく予科練でも志願したんだろうなあ。それを見て俺はたまらなくなった。俺と同じ年頃の連中はとっくに戦地に行ってらあ。まごまごしてりゃ、中学生にだって先を越されちまう」

「競争してどうするんだ。もっと冷静に考えろよ、剛原」

「理屈じゃないんだ」

剛原は語気を強めた。

「俺はな、俺より年下のやつらが先に死んでいくってのが、どうにも耐えられないんだよ」

店内は静まり返った。剛原の決意を押し返す言葉は見つかりそうもなかった。

並木が伏せていた目を上げた。静かな目だった。

「お前がいなくなったら魔球はどうなる」

剛原の驚いた顔が並木に向いた。

「もう野球のことは忘れろ。リーグ戦も中止になったんだ、ちょうどいい機会じゃないか」

「答えになってない。降りるのか、魔球が完成する前に」

剛原が憐れむように並木を見た。

「無理して煽るな。並木、投げてるお前が一番わかってるはずじゃないか。魔球なんてできっこねえんだ」

「やってみないとわからん」

「もうよせ！」

突如、剛原は沸騰した。

「なにが魔球だ、馬鹿野郎！　魔球なんてクソくらえだ！　そんなもんにエネルギー使う暇があったら国のために使え！　忘れるなよ、日本はいま戦争をしてる。しかも、呑気《のんき》な勝ち戦さじゃねえんだ！」

剛原は両手でテーブルを激しく打ち、席を立った。

「俺は行く——一死をもって悠久の大義に生きる」

その胸ぐらを並木が摑んだ。

「そんな言葉を残して行くな！」

剛原は目を閉じた。

「……放せ」

「座れ」

「並木、勘弁してくれ。俺はもう決めたんだ」

「お前、そんな簡単に野球を捨てられるのか」

「よせ。たかが球遊びじゃないか」

並木の体が硬直した。

「球遊び……？　お前、本気で言ってるのか」

剛原は苦しげに天井を仰いだ。並木が爪先立って顔を寄せる。

「確かに球遊びかもしれん。だが、戦争はどうなんだ？　資源と土地の奪い合いがそんなに大層なことなのか」

剛原がカッと目を見開き、並木を睨みつけた。

「お前こそ本気で言ってるのか」

「なあ剛原、受けてみてくれ。ヒントが摑めたんだ。本当にできるかもしれん」

「並木……」

「ずっと一緒にやってきたじゃないか。俺の球を何万球受けたよ？　魔球は俺とお前の夢だろうが」

剛原は首を振った。

「いや。お前一人の夢だ」

胸ぐらから、並木の両手が力なく落ちた。

二人は見つめ合った。どちらの目も悲しげだった。

「……わかった。けど、志願はもうしばらく考えろ。陸軍は逃げやしない」

「待てん。こうしてる間にも、日本の兵隊が死んでいってるんだ」

剛原は踵を返した。

静かな靴音を残して、剛原はボレロを出て行った。軍人として出ていくからには、もう二度と見ることのない背中かもしれなかった。

「終わりだな、野球部も……」

溜め息混じりに言って、津田が腰を上げた。頷きながら遠山が続いた。一人、また一人と店を後にし、カウンターに並木と小畑だけが残された。もう二度とナインが顔を揃えることはない。そんな気にさせられる別れ方だった。

「まさか、剛原が行っちゃうなんて……」

小畑が蚊の鳴くような声で言った。

「津田とか、遠山とか……後に続かないといいけど……」

学生の身分ってやつが重たくなっちまったんだ――。剛原の言葉は誰の胸にも重かった。とりわけ、日ごろ勇ましいことを言っていた津田には堪《こた》えたはずだ。学生は戦争に行かずに済んでいる。日本が勝ちまくっている間はそれでよかったが、戦局が怪しくなってくるにつれ、徴兵猶予という特典は確かに後ろめたくもあった。

並木だってそうだ。中学時代の友達の多くは軍隊へ、戦地へと行っている。平静でいられるはずがない。ざわざわと心が騒ぐ時もある。俺も行くべきか――。

「北は海軍を志願したらしいよ」

小畑がぽつりと言った。

並木は驚いて小畑を見た。

「競走部のやつが言ってたんだ」

「そんなはずないさ」

思わず並木は言った。月明かりに覗いた北の横顔が脳裏にあった。

「イギリスがロンドン五輪の中止を正式に決めたんだ。それで北は志願したらしいよ」

そうか……。

並木は肩を落とした。

――そうだよな……。人間なんて、そんなに強かぁない。

同じ状況に置かれてみて、北の気持ちが透けて見えた。大学リーグは解散させられ、女房役の剛原にも去られた。野球部もバラバラだ。たとえ魔球を完成させても、投げる舞台も、受けてくれるキャッチャーも、喜びを分かち合うナインもいない。

並木は拳を額に押し付けた。

――俺だって半端な学生の身分なんて真っ平だ。行けというなら、戦地でもどこでも行ってやる。

投げやりな思いが群雲《むらくも》のように胸に広がる。

並木は小畑を見た。

「なあ、志願のことどう思う？」

「僕は嫌だよ。戦争は殺し合いだろ。自分から進んで行く気はない」

「志願する人間の気持ちはどうだ？　まったく理解できないか」

「いや。まったくわからないってわけじゃない……」

「俺はよくわかる」

「よせよ、並木まで」

「お前だって、わかるって言ったろ」

「いや、志願は間違ってる。でも、剛原が言ったろ。年下のやつらが先に死ぬのが耐えられないって。間違ってると思うけど、ああいう理由で自分が死ぬかもしれない場所へ行こうとする剛原みたいなやつ……僕は否定できない」

並木は頷いた。

「俺はなんだか、剛原が羨ましかった」

「羨ましいはないだろ。でも、僕も頭が混乱してきたよ」

「お替りどう？」

穏やかな声とともにマスターがポットを差し出した。

「あ、すみま……」

言いかけて、並木は首を傾げた。マスターが赤いベストを着ていなかったからだ。

「何だい？」

不思議な気がした。二年半もボレロに通いつめていて初めて目にするワイシャツ姿……。

並木は聞いてみたくなった。

「ねえマスター、前に、目立つから赤いベストを着てるんだって言いましたよね？」

「そっ、目立たないと迷子になっちゃうからね」

「迷子……？」

「僕は広島生まれでね」

ポットを傾けながら、マスターは意外な話を始めた。

「五歳の時、日清戦争に出征する父を宇品港《うじなこう》に見送りに行ったんだ。父の好物のおはぎをたくさん抱えてね」

マスターはヒロ坊と呼ばれ、父にすごく可愛いがられていたという。

その日、宇品港は出征する兵隊と見送りの家族でごったがえしていた。母に手を引かれてやってきたヒロ坊は、はしゃいでいるうちに迷子になってしまった。父と母は出会えたが、ヒロ坊を探し回り、一時間の面会時間は瞬く間に過ぎてしまった。父は好物のおはぎに手もつけず、母とも話らしい話をしないまま、引き裂かれるようにボートで輸送船へ向かった。ヒロ坊を頼む、ヒロ坊によろしくな。それればかりを繰り返し母に言いながら。

輸送船が出航した後、ヒロ坊を見つけた母は悔し涙を浮かべて言った。目立つ服を着せとけばよかった、もっと目立つ服を――。

「僕にはなんのことかわからなくてね、父が食べなかったおはぎを腹いっぱい食べてご機嫌だった」

二人は黙した。小畑は洟《はな》をすすっていた。

並木はマスターを見つめた。

「お父さんとは……？」

「それきりだったね。一年ぐらいして戦死の報せがきたよ」

体の芯を貫くものがあった。

昨日まで隣にいた人が明日にはいなくなる。それが戦争というものなのだろう。

マスターは、何事もなかったように、店の掃除を始めていた。下手くそな舞姫のスケッチを収めた正方形の額を、丁寧に布巾で拭いている。息を吹きつけたガラスに優しい顔を映している。

マスターは胸の中の思いを言わなかった。言いそうでやはり言わなかった。

だが、聞こえた。

戦争なんて勇ましくも男らしくもない。ただ、悲しいだけだ――。

12

戦局は悪化の一途を辿った。

五月にアリューシャン列島のアッツ島守備隊が玉砕。南方の島々でもことごとく苦戦を強いられ、日を追って日本兵の屍《しかばね》が、陸に海に増え続けた。大波のように押し寄せる米軍に対抗するため一人でも多くの兵士が必要とされた。「国民総戦闘配置」の方針が固まり、軍部の目は学生に向いた。学生は高い学力を身に付けている。ならば戦地で倒れた職業軍人の士官の補充に最適だ。飛行機の操縦などの高度な技術も短期間で習得する能力だってあるだろう――。

九月二十一日。法文系の大学生、予科学生、高校・高等専門学校生徒に対する徴兵猶予の全面停止が閣議決定された。「学徒出陣」。二十歳を越えた学生、生徒たちは、学業半ばにして軍隊へ送り込まれることになった。並木も小畑も野球部のみんなも、否応なく剛原と北の後を追うことになったのだ。

――こうなったら行くしかない。

並木は腹を括った。軍隊や戦争への恐れがないと言えば嘘になる。マスターが赤いベストを脱いでまで伝えたかった思いも胸の片隅にある。だが一方で、安堵の思いもある。これで剛原や北や中学時代の友人に引け目を感じなくても済む。みんながみんな行くのだ、諦めと心強さもある。そして何より、切羽詰った戦局が自分達を呼んだのだという確かな実感がある。もう戦争が良いとか悪いとかでなく、自分の生まれ育った国が危ないのだと言われて、すんなり聞き流せる神経の太さは並木にはなかった。

十月二十一日。秋雨。文部省主催の「出陣学徒壮行会」が、明治神宮外苑陸上競技場で挙行された。原宿《はらじゆく》、渋谷《しぶや》、信濃町《しなのまち》、千駄ケ谷《せんだや》などの最寄駅は、東京近在の七十七校から集まった学生で溢れかえり、競技場に続く道路は彼らの学生服で真っ黒に染まった。

降りしきる雨の中、「分列に前へ！」の号令のもと、銃を担いだ学生たちはぬかるみを踏みしめ、分列行進を行った。勇ましい観兵式行進曲が響きわたる。東条《とうじよう》首相は「諸君が敵米英学徒と戦場に相対し、彼らを圧倒することを信じて疑わぬ」と激励した。スタンドは先輩を送る六万五千人の中学生や女学生で埋め尽くされ、大喚声とともに帽子やハンカチが打ち振られた。学生たちが退場を始めると、感極まった女学生は泣きながらその後を追った。鳴海美奈子もいた。並木の姿は見つけられなかった。その背中さえも。

夕方——。並木と小畑はボレロにいた。学生服はもちろん、下着までずぶ濡れだ。

「いったい何人ぐらいいたんだろう……」

並木は放心したように呟いた。

行進した学徒の数は発表されなかった。敵に知られてはならない、軍事上の秘密だというのだ。

黙りこくっていた小畑が口を開いた。

「僕は行きたくないよ」

「小畑、もうよせ」

並木が吐く息で言うと、小畑は顔を紅潮させた。

「そうじゃない。このままじゃ行きたくないって言ってるんだ」

「どういう意味だよ？」

「野球部が空中分解しちゃったじゃないか。今日だって誰もここに来ない。このまま、こんな寂しい気持ちで軍隊へ行くのが嫌なんだ」

「ん……。けど仕方ないだろう。みんな徴兵検査を受けるんで田舎に帰ったんだから」

「………」

「お前はいつ帰るんだ？」

それには答えず、小畑は硬い顔を寄せてきた。

「一つアイディアがあるんだ。聞いてくれるかい？」

「何だ？」

「A大野球部の壮行試合をやりたいんだ」

「壮行試合？」

「そうさ。軍隊の入営までには、まだ日にちがあるだろ。その前に相手チームを探して試合をするんだ——どうかな？」

並木の顔に笑みが広がった。

「うん、いいなそれ」

「ホントに？」

「ああ。俺は大賛成だ」

「みんな来るかな？」

「来るさ。来るに決まってる」

小畑の顔も輝いた。

「よーし、それじゃ、さっそく相手探しだ」

「俺も探すよ」

「ありがとう。でもいい——試合の相手探しはマネージャーの役目だからね」

マスターもどきのウインクを残して、小畑は軽快に店を出ていった。

だが——。

対戦チームは容易に見つからなかった。大学リーグのチームには全て断られた。以前対戦したことのある会社や工場の野球部も虱潰《しらみつぶ》しに当たったが、「戦時下に何を考えているか」と説教されただけだった。敵性スポーツなどやって憲兵に睨まれたらかなわない。どの顔にもそう書いてあった。

三日経ち、四日が経ち、小畑は焦ってきた。つてを辿って埼玉や栃木まで足を延ばしてみたが徒労に終わった。ついには草野球のチームまで当たり尽くし、足を引きずるようにしてボレロのドアを押した時には一週間が過ぎていた。

店内に客はいなかった。

「マスター、並木は？」

「今日はまだみたいだね」

「そうですか……」

「見つからないの？」

小畑は俯《うつむ》いた。

「僕は……マネージャー失格です。結局、最後までA大野球部のために何もできませんでした……」

カウンターに目を落とす小畑の前に、すっと一枚の紙が差し出された。店で使っている伝票だった。だが妙だ。注文をメモする枠に人の名前が書き込まれている。一、二、三……九人。えっ？　九人？

小畑は顔を上げた。

「マスター、これ……？」

「メンバー表だよ。チーム名は、そうね、新宿ガラクターズってとこかな」

「マスター……」

小畑の目から、ぽろぽろと大粒の涙が零れた。

「……ありがとうございます。このご恩は一生忘れません……」

「喜ばれると困っちゃうんだ。なんせ、ひどいメンバーだからね」

小畑は何度も頭を下げて、ボレロを飛び出した。一球荘で自分の部屋の中を引っ繰り返し、また飛び出した。時計、コート、鞄、トレードマークのロイド眼鏡まで質屋で金に換えて郵便局へ駆け込んだ。至急電報だ。郷里に帰っているナインへ。

《キタレ　ソウコウジアイ》

13

その朝は寒かった。午前六時。まだ薄暗い時間を選んだのは、間違っても憲兵や警官に邪魔をされたくないからだ。

小畑は四時前に起き出した。一人でグラウンドに道具を運び、石灰でラインを引き、ベースを並べ、そして、ベンチの隅で祈っていた。ベンチの鉄製の台座はない。バックネットの金網も支柱も消えた。金属回収令によって何もかもが砲弾か飛行機の部品になった。

——いいさ。人さえ来てくれれば、野球はできる……。

不意に足音が聞こえた。小畑は顔を向けた。並木だった。

「おはよう、小畑」

並木は洗い立てのユニフォームを着込んでいた。その白さが目に眩しかった。

「みんなはどうしたろう……?」

小畑は恐る恐る口にした。

並木は小さく笑い、体を捻って後ろに顎をしゃくった。

来た。遠くに姿が見えた。ヒョウタン顔のセンター中村が走ってくる。ファースト盛岡の姿も見える。例によってセカンド遠山とショート伊佐の二遊間コンビは一緒だ。ライト戸所……レフト大竹……。

みんなグラウンドに集まってくる。みんな嬉しそうに笑っている。

だが、小畑の表情はまだ固かった。剛原は入営してるから仕方ない。でも津田がまだだ。野球部は終わりだ、と言い残したままのサード津田がまだだ。

「よう」

背後から小畑の肩が叩かれた。

「津田！」

「野球の試合ぐらいで電報打つ馬鹿がどこにいるよ。負けた負けた、お前の執念には」

津田も笑っていた。グラブを小畑に突き出し、自分は備品のミットを手にはめた。

「今日はお前がサードだ。剛原がいないんじゃ、キャッチャーできるのは俺だけだからな」

「僕がサード……？」

みんなが代わる代わる小畑をグラブで叩いた。

「頼むぜ！　新米サード」

「小便チビるなよ」

「ゲッツーとるぜ、ゲッツー！」

小畑は返事ができなかった。サードのポジションを守るのは小畑の夢だった。津田はそれを知っていてくれた――。

実は小畑もグラブを用意していた。入学前に父が買ってくれたグラブだ。喘息《ぜんそく》で選手を諦め、まだ一度も使ったことがない。毎日ワックスを塗り込み、手入れは万全だ。今日はメンバーが足りない。だから、小畑はその新品のグラブをおろす気でいた。

「練習始め！」

並木が掛け声をかけ、おう！　とみんながグラウンドに飛び出した。

「ボールくれ、ボール！」

小畑も叫びながらベンチを飛び出した。迷うことなく津田のグラブをはめて。

「お待たせ」

新宿ガラクターズの一団は、マスターを先頭にいきなり現れた。

名前負けしないすごいメンバーだった。ボレロの隣の乾物屋のおじさん、向かいのダンスホールの支配人、煙草屋のご隠居、新宿駅の駅長さん、営業を禁じられているキャバレーのボーイやサックス吹きや、いや、真っ赤な口紅にひらひらスカートのホステスさんまでいたから、A大野球部員は歓声と指笛で迎えた。

審判を買って出たマスターが右手を高々と上げた。

「プレイボール！」

ドッと沸いた。マスターが涼しい顔で敵性語をグラウンド中に響かせたからだ。ルールは、A大にワンアウトチェンジのハンデを付けた以外は公式戦通り。少しでも大学リーグの雰囲気を取り込もうとの趣向だった。

一回の裏。マウンドに立った並木は大きく息を吸った。思えば五年ぶりの登板だ。

「さあ、しまっていこうぜえ！」

マスクを頭に載せた津田が、両手を大きく開いて声を張り上げた。あちこちから、「よっしゃ」「おう」の声が上がる。

並木は握ったボールを見つめた。目を上げ、晴れ晴れとした気持ちで振りかぶった。鶴の舞だ。打者にグラブを突き出す従来のフォームだ。今日はこれでいこうと決めていた。球種は真っ直ぐ一本。すべて、ど真ん中に投げ込む――。

津田のミットに白球が吸い込まれた。駅長さんが見送った。

「ストラーイク！」

ナインから「いいぞ」「ナイスボール」の掛け声が飛ぶ。守る姿は真剣そのものだが、どの顔もみんな晴れやかだ。とことん野球を楽しんでやろうという顔だ。それは新宿ガラクターズの面々も同じで、マスターが「みんな根っからの野球好き」と言うだけあって、よく打ち、守り、走り、転び、そして笑った。

試合のほうはといえば、眼鏡がないのが災いしてか、サード小畑が三つもトンネルを繰り返し、その一方で、センターを守った赤い口紅のホステスさんが四つもフライを捕ったりするものだから、勝敗の行方は最後までもつれにもつれた。

得点は四対三。Ａ大リードで迎えた九回の裏――。

ワンアウトの後、二番のサックス吹きが小畑を狙ったセーフティーバントで出塁。三番ご隠居が三振する間に、すかさず盗塁を決めていた。二死二塁。一打同点、一発が出れば劇的な逆転サヨナラという場面で、この日、四打数三安打と当たりに当たっている四番、ダンスホールの支配人が登場した。

「ドンマイドンマイ、打ち取れるよ！」

「もう一発頼むぜ、支配人！」

並木の一投、支配人の一振りに双方のチームから声援が飛び交う。ボールカウントは2—3になった。みんなワクワクした顔をしていた。いよいよ最後の一球となるのか。

並木が大きく振りかぶり……と、その時だった。

「貴様ら、何をしてるかあ！」

全員が声のほうを見た。グラウンドの入口に軍服がいた。朝日を背に仁王立ちしている。憲兵だ。一瞬、グラウンドは凍りついた。

緊張を破って軍服が哄笑した。

「ハハハッ、俺だ、俺だあ！」

剛原だった。

並木はサードの小畑を見た。その小畑は、やったとばかり胸の前で拳を握っていた。

「当然だろ！　剛原の実家にも電報打っといたんだよ！」

「さすが小畑！」

剛原は軍服を脱ぎながら、どかどか大股でマウンドにやってきた。

「よう、並木。来たぜ、球遊びが懐かしくってな」

並木は剛原のボディに一発見舞った。

「今どこだ？」

「豊橋だ。おっと、それ以上は軍規で言えねえ」

「こいつ、もったいぶりやがって」

ナインが駆け寄ってくる。

「生きてやがったか！」

「よく抜け出せたな！」

「ハハハッ、ニセの葬式を一つ作っちまったのよ」

剛原は笑いながら、並木に顔を戻した。

「おい、それよか見せてみろ。魔球のタマゴとやらをよ」

「へえ！　魔球なんてクソくらえじゃなかったのか」

「苛《いじ》めるなよ並木。蛇みてえにクネクネ曲がるボールが、三日にあげず夢に出やがるんだ」

並木は目尻を下げ、もう一発、剛原の腹に拳を放り込んだ。

「よし、お披露目といくか。丁度おあつらえむきの場面だしな」

「そうこなくちゃ！」

傍らで小畑が叫び、津田にグラブを放った。そのままベンチに駆け込み、忙しくスコアブックを開くと、手をメガホンにして声を張り上げた。

「さあ、ベストメンバーだよ、Ａ大野球部ベストメンバー！」

「おう！」

ナイン全員が気合もろともグラブを天に突き上げた。

「最高だね」

マスターが、マスクをかぶった剛原の耳元で囁《ささや》いた。

「いや、最高の馬鹿です、こいつらは」

剛原も小声で答えた。

マウンドの並木はスパイクの先で足元の土を整えた。親指と人差し指の間にボールをぐっと押しつけた。支配人は打つ気満々、バットを宙で回転させている。

並木は年季の入ったプレートを踏みしめた。

「いくぜ剛原」

「おうよ」

並木が振りかぶった。サイドスローのフォームだ。グラウンドの空気が張り詰めた。

弓のようにしなった腕から、スッとボールが繰り出された。

おっ……？　剛原の口から微かに声が漏れた。ボールの縫い目が見えるようなゆるやかな回転……と、思う間もなく白球がど真ん中に吸い込まれてきた。

カン、と乾いた音がした。

支配人のフルスイングがボールの芯を捉えた。打球はぐんぐん伸びていき、外野フェンスを越えて、ポーンと一つ弾んだ。逆転サヨナラホームラン——。

打球を見送った剛原が、立ち上がってマスクをとった。真顔だ。

「あれが……魔球か？」

「……かもしれん」

並木も真顔で返した。

次の瞬間、二人は同時に吹き出した。

「ハハハハハハッ！　打たれやがったあ！」

「ハハハッ！　打たれた、打たれた！　魔球が打たれちまったあ！」

みんなも笑っていた。腹を押さえて笑いながらマウンドに走ってきた。

「すげえ魔球だな。バットの芯を狙いうちだ！」

「修行が足りないんだ。二年や三年で魔球ができりゃ、誰も苦労しねえや！」

小畑はスコアブックに本塁打の記号を書き込むと、浮き立つ足でマウンドの輪を目指した。街では「決戦の大空へ」と「姿三四郎」が当たっていた。でも違う。小畑が撮りたい映画は違う。この試合だ。今日のこの壮行試合をいつか映画にしよう——。

新宿ガラクタ－ズのほうも、Ａ大に負けず劣らず大騒ぎだった。ホステスさんの熱いキスでホームに迎えられた支配人は、もうとことん揉みくちゃにされ、ポマードで渋くきめたオールバックが鳥の巣のようになっていた。

「ゲームセット！」

マスターが声高らかに試合終了を告げ、Ａ大野球部員と新宿ガラクターズは公式戦のように向かい合って整列した。

並木の号令で部員一同、深々と頭を下げた。

「ありがとうございました！　これで心置きなく軍隊へ行けます」

ご隠居さんがよたよた進み出た。

「こっちこそ、ありがとうよ。こんな楽しい思いをしたのは何年ぶりじゃろう」

どちらからともなく、みんな手と手を握り合った。

「このご恩は忘れません」

「またやろう。必ず帰ってこいよ」

「ええ。負けっぱなしじゃ嫌ですからね」

「ハハハッ、また揉んでやるよ」

「元気でな」

「みなさんこそ」

手回しよく、小畑は出張写真まで呼んでいた。全員でカメラに収まった。誰もがホステスさんの横に写りたくて、ちょっと揉めた。

寄せ書きしたボールは並木に渡された。魔球を投げそこねた記念だぞと剛原が言った。

笑顔の輪の中で並木は空を見上げた。澄み切った青空が広がっていた。二週間後に軍隊に入るなど、とても信じられなかった。

――またここへ帰ってこよう。このグラウンドでいつか魔球を完成させよう。

並木は晴々とした気持ちで誓った。

14

「そのご隠居さんていうのが凄いんだ。構えが巨人の川上にそっくりでね」

「うわぁ、見てみたい」

明日は軍隊へ入営という日、並木はボレロで美奈子と会った。向かい合わせの席で並木はよく喋《しゃべ》った。壮行試合の話は、美奈子がジャパニーズコーヒーを啜る暇もないほど笑わせた。

美奈子は白いブラウスに女学校のスカート姿だ。モンペ姿を目に焼き付けて出征されるのは嫌だ。そんな娘心が、ここまで来る間、街行く人たちが向けてくる白い目に耐えさせた。一方の並木はといえば、出征が決まった男たちの最初の仕事は散髪だから、きれいに頭を刈り込み、剛原のいう修行僧の印象が際立っている。店の外には「本日休業」の札が下がっていた。マスターの心遣いである。

「海軍は浩二さんにぴったりだわ。背が高いしスマートだもの。もともと白が似合うし」

美奈子は弾む声で言った。海軍の士官は女学生の憧れの的だ。真っ白い第二種軍装、つまりは夏服に身を包んだ並木の姿を思い描いているらしかった。

「陸軍でも海軍でも、どっちでも良かったんだけどね」

どちらかを選べと命じられて、並木は海軍を志願した。陸軍にはなんといってもあの軍事教練の嫌な思い出がある。それに陸軍の初年兵いびりはすさまじいとの噂も耳にしていた。

「浩二さん、すぐには戦地へ行かないんでしょ？」

「うん。最初は海兵団に入団して二等水兵になるんだ。そこで軍人の基礎を学んでね、予備士官の試験にパスしたら、今度はまた専門の術科学校へ行くらしいよ」

「予備士官って？」

「学生あがりの士官をそう呼ぶんだ。予備……だからスペアってことかな。職業軍人のスペアって意味だと思うよ」

「ふーん。でもその試験に受かると少尉になるんでしょ。二等水兵からすぐ少尉なんて。えーと……」

美奈子は指を折り、嬉しそうな顔を上げた。

「すごいわ。いっぺんに七つも飛び越えちゃう」

「そうなんだ。ちょっと気が引けるよ」

「ねっ、それで？　専門の学校のほうはどれくらい？」

「全部で一年って言ってたから、海兵団が四ヵ月、術科学校が八ヵ月かな」

美奈子は眉を寄せた。

「一年も……。たまには帰ってきたりできるのかしら？」

「さあ、それはわからないけど……」

「学校を卒業するとすぐ戦地？」

「かもしれない。日本は負け始めてるからね。兵隊はいくらでも欲しいだろ」

えっ、と美奈子は驚いた顔をした。

「日本は負けてるの？」

「あっ、いや、そうじゃないけど」

「日本は負けないわよね？　今まで負けたことがないんですもの。ねっ？」

「ん……」

並木は曖昧に頷いた。

トシ坊ほどではないせよ、三つ年下の美奈子は、戦争をしていない日本を知らない。そして、その戦争には何がなんでも勝たなければならないと信じている。だから、並木が口にした「負け始めている」のひと言は、美奈子にかなりのショックを与え、不安を掻き立てさせもしたようだった。

美奈子は黙り込み、そして意を決したように持参してきた布袋に手を入れた。

「浩二さん、これ……」

「あ……」

美奈子が取り出したのは、お守り袋と「千人針」だった。白い布に赤い糸で千人の女たちが一針ずつ縫い玉を作る。身に付けていると鉄砲の弾に当たらないのだという。知ってはいたが、手にするのは初めてだった。しかも、それは並木のために、並木が弾に当たらないようにと作られたものなのだ。

軍隊へ行く。そして戦地へ――。ぐっと実感が湧いてきた。

「がんばってくださいね。いっぱい手柄を立てて……」

出征の餞《はなむけ》に誰もが口にする言葉を途中まで言って、だが、美奈子は震える手で口を押さえた。気持ちが揺れていた。ひどく乱れている。立派な軍人になってほしいと思う。けれど一方で、並木が戦地へ行ってしまう悲しさと恐ろしさがある。もしも並木が怪我をしたら。死んでしまったりしたら――。

沈黙が続いた。破るのは男の義務だろうと並木は口を開いた。

「ありがとう。大切にするよ」

その途端、美奈子の瞳がみるみる濡れた。

「美奈子……」

「ご無事で……どうかご無事で……」

美奈子は俯いた。溢れた涙がつっと一筋頰を伝って、千人針の布に小さな水染みをつくった。

並木は唇を嚙んだ。

――やっぱり、こういう別れ方になるのか。

笑って別れるつもりだった。ちょっと軍隊へ行ってくる、そんなふうに茶化して美奈子を笑わせるつもりだった。

だが、もはや美奈子の涙を止める言葉さえ見つからない。

美奈子の唇が動いた。微かに言葉が漏れる。歌のようだった。しゃくりあげながら口ずさむ。

あの出陣学徒壮行会のフィナーレで、感涙とともに大合唱となった歌だった。

花もつぼみの若桜　五尺の生命《いのち》　ひっさげて
国の大事に　殉ずるは　我ら　学徒の面目ぞ
ああ　紅《くれない》の血は燃ゆる

最後は消え入り、美奈子は両手で顔を覆った。

さようなら――。二人には、もうその言葉しか残されていなかった。

「並木君を送るには、もっと相応《ふさ》わしい曲があるかもしれないね」

優しい声がして、マスターがカウンターから出てきた。椅子を手にしている。

濡れた二人の目が赤いベストを追った。マスターは椅子の上に乗り、壁の額に手を伸ばした。下手くそなスケッチ画を納めた、あの正方形の額だ。

「マスター……」

返事はせずに、マスターは額の裏側の留め金をはずし、慎重な手で中からスケッチを取り出した。いや……。

それはただのスケッチ画ではなかった。やや厚みのあるレコードのジャケットだった。マスターの手がくるりと裏を返す。

「ボレロ……」

美奈子が呟いた。

ラヴェルのボレロ。並木にもすぐにそうだとわかった。裏だと思った面が表だった。舞姫のスケッチは、ボレロのレコードジャケットの、何も印刷のない真っ白い裏の面に描かれていたのだ。

並木は呆然とした。空転する頭の中で、しかし、霧が晴れるように喫茶ボレロで一番の謎が解けていく。

「特別な時にかけるんだ」

そう言って、マスターは蓄音機の埃を払い、ネジを巻いた。

レコードが回り出した。

店の空気が真空になったかのような一瞬があって、不意にボレロが流れた。それは囁くような笛の音で始まった。悲しみや不安を炙《あぶ》り出すような、それでいて胸に心地よく染み入ってくる不思議なリズム……。

並木がずっと聴きたいと思っていたボレロだ。美奈子がずっと並木に聴かせたいと思っていたボレロでもあった。

「誰でも一度はね」

マスターが呟いた。舞姫のスケッチを見つめている。

物語が浮かんでくる。

マスターは若い頃スペインに住んでいた。そして街の舞姫に恋をした。あのスケッチはマスター自身が描いた。淡い恋か。それとも悲恋だったのか。マスターにとっては美しい思い出なのだろう。だからボレロのレコードとともに額に収めて店の特等席に飾っていた。

並木は美奈子を見つめた。

さようならの代わりに、二人の間にボレロの旋律があった。

美奈子は涙を拭った。

「私、手紙を書きます」

「うん。俺も書く」

「本当に？」

「本当だ」

「私、いっぱい書きますよ。うんといっぱい。浩二さんが困るくらい」

美奈子は泣き笑いの顔で言った。

マスターは何事もなかったかのようにレコードをジャケットに収めていた。その背中に小さく頭を下げて店を出た。

外は風だった。駅へ向かう道すがら、初めて美奈子の手を握った。あかぎれが、ちくりと並木の手を刺した。

肩を寄せて歩いた。憲兵も世間の目も少しも怖くなかった。

15

昭和十八年十二月九日――。並木は高円寺の実家の前で木箱の台の上に立った。

学生服に学帽。日の丸を襷《たすき》がけにして、近所の人たちの盛んな激励を受けた。「祝出征　並木浩二君」と大きく書かれた幟《のぼり》があがる。晴れ姿なのだ。父と母が感慨深そうに息子を見つめている。幸代とトシ坊も兄の雄姿に見とれている。

日の丸の小旗が振られる。万歳、万歳の大合唱に続いて、「出征兵士を送る歌」が湧き上がる。

「わが大君に召されたる〜　命栄《は》えある朝ぼらけ〜」

我が身のこととは思えなかった。目に薄い膜がかかっているように視界が不確かだった。

「行ってまいります」

並木は勇ましく挙手の礼をした。万歳も出征兵士の歌も響いてこなかった。胸にはボレロの甘酸っぱい旋律があった。

美奈子の愛くるしい笑顔が浮かぶ。手が、美奈子の温もりを覚えている。

再び万歳が湧き起こった。

並木は視線を上げた。薄い膜は消えてくれない。これから向かう軍隊とはどんなところか。その先に何が待ち受けているのか。

日本は負け始めている……。

自分の声が、別の誰かの声に聞こえていた。

16

「総員起こし、吊床《つりどこ》収め!」

スピーカーから発せられた号令が、学生あがりの二等水兵を毎朝パニックに陥れる。自分の寝ていた吊床《ハンモック》を丸め、格納し、練兵場と呼ばれるグラウンド目がけて次々と飛び出していく。歩くことは許されない。練兵場へ走る。海軍体操をした後、居住区へ走る。軍艦旗掲揚に走り、課業へ走り、また練兵場へと走る。午前六時の「総員起こし」から、午後八時の巡検ラッパが鳴り響くまで、新米の二等水兵は息つく暇もない。

海兵団の厳しさは並木の想像を超えていた。

吊床教練、甲板掃除、洗濯、便所掃除。さらに技能教育がある。陸戦、手旗信号、発光信号、銃剣術。とりわけ、技能教育の柱であるカッター訓練がきつかった。

「海軍の軍人が舟を漕げんでどうするか！」

カッターは十二人乗りの手漕ぎの舟だ。ずしりと重たいオールを両手で握り、号令に合わせて懸命に漕ぐ。ただもう漕いで漕いで漕ぎまくる。腕は痺れて感覚がなくなり、足の筋肉は突っ張り、手のひらはマメだらけだ。ついには尻が擦れて皮が剝《む》ける。それでも訓練は終わらない。手を抜こうものなら教員に棍棒《こんぼう》で打たれる。

——丁度いいじゃないか。体を鈍《なま》らせないために。

負け惜しみ半分、自分に言い聞かせて並木は耐えた。オールを握った右手は、親指と人差し指に力を込めた。魔球のことが頭にあった。そんなことでも考えていなければ、どうにも辛くて気持ちが挫《くじ》けそうだった。

一週間、また一週間。学生たちは次第に変化していった。軍隊は分刻みのスケジュールだから、誰もが時間にはピリピリしていた。その逆に、月日や曜日には無頓着になっていった。毎日が同じことの繰り返しだからだ。

そうしている間に昭和十九年が明けていた。軍隊にも日本にも正月などなかった。

一月下旬、並木は兵科予備学生の試験に合格した。二ヵ月間の海兵団暮らしに別れを告げ、慌しく神奈川県の久里浜《くりはま》にある対潜学校へ移った。

並木らはそこで「水測士」を養成する特別教育を受けることになった。水測士は、海中に潜む敵の潜水艦を探して攻撃する専門技能を学び、さらに艦船の操縦や航海技術も習得する。教育終了後は、船団を護衛する駆逐艦などに配属されるらしかった。とことん走り、とことん絞られるのは海兵団と同じだが、今度は脳も酷使された。数学と物理に始まり、電磁波やラジオ技術、音響理論、艦船の操縦に関する操艦理論、潜水艦撃沈の確率論……。文学部出身の並木には理解不能な講義が終日組まれていた。

だが、さらに耐え難いものがあった。軍紀――軍隊の規律と風紀である。

良いも悪いもなく、上官の命令には絶対服従を強いられる。号令一つで機械のごとく動く人間に改造されていく。話し方や歩き方、物事の考え方まで、何もかも海軍流に変えられ、型に嵌《は》め込まれていく。それが堪らなく嫌だった。

「貴様ら娑婆《しゃば》っけを捨てろ！」

甘っちょろい学生気分を追い払えということだ。

「軍人として立派な死に場所を得ることを忘れてはならぬ！」

「死のうか死ぬまいか迷った時は死んだがよし！　しかしながら敵を倒すまでは死んではなら

ん！」

精神講話を通じて、軍人精神は繰り返し学生たちに叩き込まれた。並木に限らず、これまで大学で自由に物を言い、行動していた学生たちにとって、それはあまりに世界が違いすぎた。

その違いは、てっとり早く「修正」によって埋められる仕組みだ。修正イコール鉄拳制裁である。学生たちは事あるごとに殴られた。挨拶が悪いといっては殴られ、机の整理がなってないといっては殴られる。殴られないために規律に従うふりをする。修正に怯え、規律に順応していく学生もいる。いずれにせよ、軍紀は暴力による恐怖で保たれていると言えた。

だが、対潜学校でどれほど優秀な海軍軍人が育とうが、もはや戦局の好転は望めそうになかった。二月に入ってクェゼリン守備隊が玉砕。数日前には、ブラウン守備隊が玉砕したとの報がもたらされていた。

並木は焦りを感じていた。

——このままだと日本は本当に負けちまう。俺はこんなところで何をしてる？　殴られるために軍隊へ来たのか。

軍隊生活と悪化する戦局への苛立ちの中で、しかし、並木にはたった一つ楽しみがあった。美奈子からの手紙である。ボレロで約束した通り、美奈子はよく手紙を書いてきた。今日も届いていた。飛び上がりたい気持ちを抑え、並木はいそいそと封を切った。

浩二様

お手紙うれしく読みました。お元気そうでなによりです。

さっそくですが、お知らせがあります。

先週から女学校が休校になり、私たち、川崎工業都市へ勤労奉仕へ行っています。

そこで、なにをつくっていると思います？　なんと、飛行機なんです！　それも、私の受けもちは主翼！　すごいでしょ！

作業はまず、ぶ厚いジュラルミンのケタに枠を組み立てます。電気ドリルで穴をあけ、ビョウを差し込み、エアハンマーでバリバリッと叩けばできあがり。もう慣れたものです。将校さんも「君たちは銃後を守るりっぱな産業戦士だ」と、ほめてくださいました。ただ、つくっている飛行機は陸軍の飛燕《ひえん》なんです。ああ、海軍の飛行機だったらどんなにかいいだろうって思います。

浩二さん、くれぐれもお体に気をつけて。お国のために働く大切な体なのですから。「過食を防ぐ六法」というチラシ、よぶんにいただいたので同封しました。健康づくりの参考にどうぞ。

またお便りします。

美奈子

追伸　毎晩、浩二さんの夢を見るので、ここのところ少し寝不足です。

並木は追伸の一行を何度も読み返した。便箋を畳む。ふっといい匂いがした。

返事を書くことにして、並木は私物を入れた行李《こうり》を引っ張り出した。ここでは、服もシャツも靴や靴下に至るまで官給品が支給されるから、私物といっても大してない。出征のとき父が持たせてくれた懐中時計。幼い頃から憧れていた品だったから、これは嬉しかった。美奈子がくれた千人針。写真が三枚。便箋。封筒。ペン。壮行試合の際にみんなで寄せ書きしたボール。写真の一枚は、その壮行試合の記念写真だ。もう一枚は家族揃ってのもの。そして美奈子のポートレート。どうしてもと頼んで、この前の手紙に同封してもらった。

はにかんだその笑顔を見つめながら、並木は便箋とペンを取り出した。いかに軍隊が厳しいといっても、自由時間が全くないわけではない。軍隊用語で「煙草盆出せ《たばこぼん》」という。煙草でも吸ってのんびりしていい時間だから、手紙を書いたり、本を読んだりして過ごす者が多かった。みんな娑婆っけたっぷりに「ジャズが聴きてえなあ」などと口にする。並木はボレロだ。ああ、ボレロを聴きたいなあ、と思う。美奈子の手紙を読み、美奈子に手紙を書く。その時だけ、胸にボレロが流れる。いっとき、軍隊のことも戦局のことも頭から消えてなくなる。

返事を書き終えた並木は、日付を書き込む段になって、はて今日は何日だったろうと首を捻った。例の軍隊病だ。月日の感覚が麻痺《まひ》してしまっている。

「二十六日だよ」

隣の机で手紙を書いていた学生が教えてくれた。

同じ日だった。二月二十六日、海軍軍務局は呉海軍工廠魚雷実験部に対し、「〇六《マルロク》」の暗号名で人間魚雷の試作を命じた。

17

軍隊暮らしで、並木にはもう一つ気掛かりがあった。

小畑である。野球部のマネージャーだった小畑も対潜学校にいた。海兵団からずっと並木と一緒だった。人なつこかった笑顔は見る影もなかった。頬はげっそり痩せこけ、血色も悪い。なにより気持ちがすっかり挫けてしまって、一日じゅう塞《ふさ》ぎ込んでいることが多かった。

正直なところ、並木は小畑が徴兵検査で振り落とされるだろうと思っていたし、そうなってほしいと願っていた。徴兵検査の判定は、甲、乙、丙、丁の四段階だ。さらに乙種は、一〜三に区分され、第二乙までが現役兵として徴集される。体位、健康とも申し分のない並木は甲種合格となったが、なんと小畑もぎりぎりの第二乙で合格してしまったのだ。

「喘息のことは申告しなかったのか」

「話したよ。そしたら、咳をしてみろって言うんだ。そういう時に限って、どうやっても出ないんだな」

そう話したのはまだ海兵団に行く前で、だから小畑も笑っていた。軍隊や戦争には一貫して否定的だったが、そんな小畑にしたって、これでやっと剛原たち志願組に顔向けができるという気持ちもあったろうし、海兵団が並木と一緒だと聞き、心強くもあったに違いない。

だが、軍隊は小畑にとってあまりに過酷だった。

小畑はもう「総員起こし吊床収め」の段階で躓《つまず》いた。自分が寝ていたハンモックを片付けるのだが、これにはかなりの腕力とコツが必要だ。毛布と下敷きも同時に巻き上げ、隙間なくがっちり丸めて、麻のロープでギリギリと縛り上げる。しかも一分以内にだ。

小畑にはそれがどうしてもできない。規則を破って「総員起こし十五分前」の放送から起きだし、一人懸命にハンモックと格闘していた。だがようやくできても、みんなのようにはいかない。ロープがきつく巻けず、中の毛布がだらりと出てきてしまう。

「貴様！　また、腸《はらわた》がはみ出しとるぞ！」

「しっかりやらんか！　ちゃんと縛れば浮力が生じて救命胴衣の役割も果たすのだ！」

結局、小畑は重いハンモックを担がされ、グラウンドを五周も十周も走らされる。

「僕は口だけの人間だった。それがよくわかった……」

小畑は日を追って憔悴《しょうすい》し、自分の殻《から》に閉じ籠るようになった。並木がハンモックの収納を手伝うと言っても頑として受け入れない。コツを教えようとしても耳を貸さない。対潜学校ではベッドが与えられ、ハンモックの収納はなくなったが、カッター訓練、銃剣術、陸戦、水泳……。非力な小畑にとって、毎日が地獄に違いなかった。

しかも小畑は教官によく殴られた。誰もが殴られたが、やはり小畑は特別多かった。

今日もやられた。操艦理論の課業で指された小畑は「僕は……」と、つい口にした。

「ボク……だとう？　貴様はまだ娑婆っけが抜けんのかぁ！」

三発、四発、五発。小畑は殴られては倒れ、起き上がってはまた殴られた。

課業が終わると、小畑はぽつり言った。

「僕、早く戦地に行きたいよ。行ってさっさと死んじまいたいよ」

慰める言葉もなかった。もう十月だ、あと二ヵ月で卒業じゃないか。そう励ましてみたところで、なんの気休めにもならない。卒業したって、また軍隊だ。しかも今度は戦地だ。辛いことが増えても減ることはない。そんなことはわかりきっていた。

巡検が終わり、「煙草盆出せ」となったが、小畑はいつものようにベッドから出てこない。頭からすっぽり毛布をかぶり、母の胎内で眠る胎児のようにジッとして動かない。

並木は机に目を戻した。小畑には内緒で、小畑の母親に手紙を書いていた。

《小畑君にとっては、母上様の手紙だけが励みです。このところまた少々落ち込んでいるので、是非とも一筆おとり下さいませ》

小畑の漏らした言葉が胸に込み上げていた。

早く戦地に行って死んじまいたいよ――。

戦局が切羽詰っているのは知っている。七月にサイパン島の日本軍守備隊が玉砕し、八月にはテニアン島も玉砕した。二つの島は日米双方にとって極めて重要な戦略地点だった。二つの島の飛行場から米軍の爆撃機が飛び立てば、日本本土を楽々と火の海にできるからだ。いや、既に北九州方面では中国大陸から飛来した爆撃機の空襲を受けているという。この上、サイパン、テニアンに大規模な飛行場を建設されてしまったら——。

負ける。日本はこの戦いに敗れる。並木は、日本という国の危機を現実のものとして感じていた。

教官もヒステリックに叫び始めていた。

「貴様らに来年はない！　生きて来年の暦《こよみ》を捲れると思うな！」

嫌な噂も流れていた。この戦争に負ければ軍人は全員殺され、女は米兵に辱めを受ける——。

焦りが胸を焼く。並木の心は、小畑とはまた違った思いで戦地へ向かっていた。こんなところで勉強なんかしていてなんになる。もういい。早く戦地へやってくれ——。

その心の声は届いたようだった。翌日、運命の召集がかかった。

18

「総員直ちに講堂へ集合！」

対潜学校の学生五百人が一気に動いた。走る。講堂へ向かう。囁き合う声。いったいなんだ？

また何かミスがあったのか？

瞬く間に全員が席につき、背筋を伸ばした。静寂が広がる。

講堂の扉が閉じられた。

佐藤司令が登壇した。険しい表情だ。

「一切口外無用！」

その切り出し方に、並木はただならぬ気配を感じた。

ゆっくりと学生を見渡し、司令は言った。

「本日、諸子を集合させたのは他でもない。日本は今、危急存亡の秋《とき》である。前線将兵の奮戦にもかかわらず、敵の反攻はますます熾烈《しれつ》を極め、戦況は悪化の一途を辿っておる」

静かな声だった。場も静まり返っている。

「そして今、この窮状に応えて敵撃滅の特殊兵器が考案された。既に試作を終え、米海軍に一大反撃をする日も近い」

敵を撃滅する特殊兵器……？　並木は胸の高鳴りを覚えた。

「この特殊兵器は、挺身《ていしん》肉薄一撃必殺を期するものであり、その性能上、特に危険を伴うものである。ゆえに、諸子のごとき元気溌剌、かつ、攻撃的精神旺盛な者を必要としている」

司令の目の合図で、教官たちが学生に紙を配り始めた。ごくりと誰かが生唾を呑んだ。

「この特殊兵器に乗って戦闘に参加したければ、名前と二重マルを書け。どちらでもよい者はただのマルを、希望しない者は名前だけを書いて提出せよ。以上、終わり」

わっと学生たちに熱気が戻った。

特殊兵器に乗って出陣――。並木も血が滾《たぎ》るのを感じた。

ついにきた。俺たちの出番だ。このままでいけば日本は確実に負ける。だが、その特殊兵器は米軍に大反撃を加えられるものだという。軍隊のオーバーな物言いを割り引いて考えても、悪い話ばかりの戦局に一筋の光明を見た気がした。その特殊兵器に自分たちが乗る。乗って日本の危機を救う。

周りの学生が一斉にペンを動かし始めた。並木も慌ててペンを取り、名前を書き込み、が、そこで手が止まった。

――いや待て。特殊兵器とは一体どういうものなんだ？

一番肝心なところの説明が抜け落ちていた。質問してみたいが許されない。どのみち軍の機密に決まっている。

想像するほかない。

手掛かりはある。司令が口にした「挺身肉薄一撃必殺」だ。挺身は自分の身を投げ出してことに当たること。肉薄は敵に限りなく近づくこと。一撃必殺は文字通り一撃で敵を――だとすれば、敵にギリギリまで接近し、その特殊兵器を使って攻撃を仕掛けるということか。

いや、違う。これは搭乗員の募集なのだ。特殊兵器は「使う」のではなく「乗る」ものであることは間違いない。

挺身肉薄一撃必殺。特に危険を伴う特殊兵器……。

イメージが湧かない。具体的に形として浮かんでこないのだ。

周りの学生はもうペンを置いていた。恐らくみんな二重マルだ。顔にそう書いてあるし、これみよがしに「熱望」と書き込んだ紙を表にして胸を張っている者もいる。部屋全体がそんな空気だった。男なら無論行くべし、の熱気が渦巻いている。

並木は自らを鼓舞した。ここで退《ひ》いたら男ではない。特殊兵器の実像はぼやけているが、なんの構うものか。この非常時にのんびり学校で勉強をしていられるほど、自分は呑気でも腰抜けでもない。特に危険を伴う？　結構ではないか。戦地に危険のない場所などあるものか。

赤いベストがちらっと頭を過ぎった。

並木はかぶりを振った。もう迷うまい。死のうか死ぬまいか迷った時は、死んだがよし！

途端、並木は血の気が引くのを感じた。なんということか。あれほど嫌悪していた軍人精神に自分も染まっていた。この重要な決断の支えにしようとしている。

——頭を冷やせ。よく考えろ。戦地に行きたい。それは本心か。特殊兵器が何かもわからずに志願するのか。

並木は虚空を睨んだ。金縛《かなしば》りにあったように動けなくなった。額に脂汗が浮かぶ。

前方の席の背中が揺れた。小畑だった。落ち着かない様子で左右を盗み見ている。しきりに瞬きを繰り返している。紙に当てたペン先は動かない。小畑もまだ迷っているのだ。

早く戦地へ行って死んじまいたい――。

並木は小畑の華奢な背中を凝視した。

――お前どうする気だ……?

靴音が思考を止めた。教官たちが紙を集めに歩き出していた。

小畑の背中がびくっと動いた。ペン先も動いた。二重マル。はっきりと見えた。それが合図になった。並木は真っ白な頭で二重マルを書き込んだ。刹那、背筋に悪寒が走った。自分が書いた二重マルを見つめた。不思議なものを見ている気がした。教官が、よし、と小さく頷いて紙を浚《さら》っていった。

解散の号令とともに、学生たちの興奮は廊下にあふれ出した。

並木は大勢の背中を掻き分けて小畑を探した。角を折れたところで、放心したように歩く姿を見つけ、名を呼んだ。

ロイド眼鏡が振り向いた。

「並木……」

いつにも増して生気がない。放っておいてくれと言わんばかりの顔だった。

後ろから肩を組んだ。

「また次も一緒だな」

「えっ……？」

「見えちゃったんだよ、お前が二重マル書いたの」

小畑の目が見開いた。

「釣られて俺も二重マルだ」

並木は明るく振る舞った。どうせ小畑は自棄になって志願したに決まっている。なんとか元気付けてやろう。そう思っていた。

「なんだか俺も気分がすっきりしたよ。こうなったら、どこまでも一緒に行こうぜ」

小畑は真っ青な顔をしている。

「おい、もうぐずぐず考えるなって。ともかく学校とはオサラバできるんだから、なっ」

小畑の唇が震えている。

「どうしたんだ小畑？」

「……消したんだ」

「えっ？」

「二重マル……提出する時、塗りつぶして消したんだ」

並木は言葉を失った。

「怖くなったんだ。ゆうべあんなこと言ったけど……やっぱり戦地に行くのが怖い。僕、死ぬのが怖いんだ。だから消したんだ……」

「小畑……」

小畑はうなだれた。

「ごめん。僕、嫌なやつだ。卑怯者だ。並木はずっと庇《かば》ってくれてたのに……」

「よせよ小畑。気にするな。またどこかで会うさ」

無理して言った。その直後、並木と小畑の脇を数人の学生がすれ違った。興奮気味の会話が耳に入った。

「特攻兵器だな」

「おそらくな」

「二重マルか」

「無論だ。血書《けっしょ》した」

数秒の間があった。並木と小畑は目も口も開いていた。

特攻兵器……。

それだ。

挺身肉薄一撃必殺。そういうことだったのだ。

以前、学生の誰かがそんな話をみんなにしたことがあった。このままじゃ、いずれ肉弾の特攻作戦が必要になるぜ――。

浮かばなかった。「いずれ」が「今」なのだとは夢にも思わなかった。

だが、彼らの会話を聞いてわかった。

特攻兵器だ。自分の命と引き換えに敵を倒す兵器だ。並木はその特攻兵器の搭乗員に志願した。

視界が歪んだ。

壁が、窓が、外の景色が、色をなくした。

灰色の世界にすべてが没した。

「な、並木……ごめん。ごめんよ」

小畑は涙声になっていた。

並木は虚ろな目を向けた。

「なんで謝るんだ……？」

「だって、僕が二重マル書いたから、だから……」

「違う」

並木は小畑を睨みつけた。

「お前なんか関係ない。俺は俺の意思で二重マルを書いたんだ」

小畑は目を真っ赤にして、並木の事業服の袖を握った。

「僕、いったいどうしたら……ねえ、並木……僕は……」

「一人にしてくれ」

「並木……?」

「誰の顔も見たくないんだ」

並木は小畑の手を振り切り、背中を向けて歩きだした。

廊下に靴音だけが響いた。

小畑は両膝から崩れた。床に両手をつき、額を擦りつけた。ごめん、ごめんよ……。

廊下の端まで歩いた並木は、階段に足をかけ、が、上らずに小畑を振り向いた。

「すまん」

「な、並木……」

「いい映画をいっぱい撮ってくれ」

小畑は頭を抱えた。呻《うめ》き声が廊下に響いた。

二度と会えない。並木は確信した。A大野球部の仲間……。グラウンドでも一球荘でもなく、この海軍対潜学校の薄暗い廊下が永遠の別れの場所となる。涙は出なかった。小畑と一緒に泣けないことが、悲しくてならなかった。

19

山口県光市《ひかり》——。

海軍第一特別基地隊第四部隊、通称「光基地」の兵舎は、朝からそわそわした空気に包まれていた。今日にも「回天」と対面することになる。慌しく事業服に着替えながら、並木は喉に渇きを覚えていた。

「回天はやはり魚雷か？」

小声で話し掛けてきたのは、佐久間安吉《さくまやすきち》だった。

「わからん」

「脱出装置はあるんだろうか」

「わからん」

並木が硬い返事を重ねると、佐久間も黙り込んだ。その佐久間とは対潜学校で知り合った。目元と眉毛のくっきりとした、剛原にどことなく似た風貌の男だが、時折、気弱そうな表情を覗かせる。

この光基地に来る前、並木と佐久間は長崎にいた。久里浜の対潜学校で特殊兵器搭乗を志願した者の中から四十名が選抜され、長崎県の川棚《かわたな》臨時魚雷艇訓練所に送られたのだ。四十名全員が訓練所内に仮設された「回天隊」に配属になり、特殊兵器の呼称が「回天」なのだと知った。だが、それがどんな兵器であるのかについての説明は依然なされなかった。魚雷みたいなものらしい。誰かが情報を聞きつけて広めたが、そうだと断言できる者はいなかった。一週間ほどして、航海学校から選抜された予備士官や予科練出身の下士官らが隊に合流してきた。川棚は、回天の搭乗志願者の単なる集合場所だった。すぐさま移動命令が下った。わけがわからぬまま列車に揺られ、昨夜遅く山口入りした。

歓迎は手荒かった。光駅で降りた途端、号令が掛かった。「右向け右！　駆け足進め！」。並木ら志願組は対潜学校を繰り上げ卒業して少尉に任官していた。身支度は詰襟の第一種軍装、つまりは海軍の正装だ。とても走れる格好ではなかった。「列を乱すな！」「魂が入っておらんぞ！」。足並みを乱すたびに棍棒で殴られ、蹴られ、基地まで三キロの道を一気に走らされた。隊門を入っても駆け足の命令は解かれず、営庭を何周も走らされ、その間も容赦なく殴られた。二等水兵が少尉になろうが、何も変わらないのだと思い知らされた。

息が荒いまま営庭に整列すると、でっぷりした大尉が号令台に上がった。光基地の古株、馬場大尉だと後で知る。

「よく聞け！　貴様らの命は俺が預かった！　当隊は軍紀厳正なること、大和《やまと》、武蔵《むさし》以上！」

戦艦「大和」と「武蔵」の軍紀の厳しさは知れ渡っている。この回天隊はそれを超えると言いたいらしい。列の一人が体を動かし、またしても鉄拳の嵐が吹き荒れた。

「先任将校の訓示をなんと心得る！　不作法者は叩き殺すぞ！」

並木は血の滲《にじ》んだ唇を噛み締めて馬場大尉を睨みつけていた。ここは海兵団や対潜学校よりひどいと感じた。だが驚くのは早かった。大尉の次の言葉に胸を射抜かれた。

「我が回天隊の戦果！　ウルシー島の敵根拠地を襲撃せしめた。轟沈《ごうちん》、戦艦三、空母二！」

現実を突きつけられた。回天は既に出撃している――。

「並木、早く！」

佐久間がドアの脇で手招きしていた。同室の他の者たちの姿は既になかった。

並木は強張る指で事業服のボタンをとめ、踵を返した。「明日には拝ませてやる」。馬場大尉はゆうべそう言っていた。

「駆け足進め！」

号令が掛かり、事業服の一団は基地の敷地の中を走った。海岸のほうに向かう。すぐに巨大な建物が見えてきた。三棟ある。その真ん中の棟の前に馬場大尉が仁王立ちで待っていた。

並木らが整列すると、大尉は「入れ」と静かに命じた。

心臓が早打ちした。

「早く入らんかぁ！」

事業服が一斉に動き、建物の中に雪崩れ込んだ。背を押されて、並木も建物に足を踏み入れた。

凄まじい騒音が鼓膜を叩いた。工場。内部はまさしくそうだった。

黒い物体が目に入った。その瞬間、ふっと眩暈がして視界が暗くなった。

並木は目を瞑《つぶ》った。小さくかぶりを振り、そして、ゆっくりと目を開いた。

——これか……。

知らずに拳を握り締めていた。

回天が眼前にあった。丸みのある弾頭が鈍く光っている。長い胴体。前の方が太く、後ろ半分はやや細い。大きな魚に小さな魚が後ろから突っ込んだような格好だ。二連のスクリューが尾鰭《おびれ》のように目に映る。

魚雷だ。形そのものは魚雷には違いない。だが、それは巨大な棺桶に見えた。鉄の棺桶——。

並木は動けなかった。握った拳に汗が滲んだ。

「でかい……」

誰かが唸るように言った。
十四、五メートルはある。具体的な数字が思い浮かんだのは、胴体の長さがピッチャーズプレートからホームベースまでの距離に近いと感じたからだった。
「あれは……」

傍らにいた佐久間が、回天の上方を指差した。

潜望鏡がついていた。魚雷の上部に波切りがあり、そこから小型の潜望鏡が突き出している。

「貴様らには、これに乗ってもらう」

馬場大尉が重々しく言った。

「天を回らし、戦局の逆転を図る。名付けて回天である。弾頭に搭載する一・六トンの炸薬《さくやく》は、いかなる戦艦、空母といえども一撃で轟沈可能だ。この回天が何十基、いや、何百基と敵艦に襲い掛かり、ことごとく敵艦を海に葬《ほうむ》るのだ」

大量の爆薬……。潜望鏡……。

並木はすべてを悟った。

――そういうことだ。俺たちは魚雷の目になって敵艦に突っ込むんだ。

大尉が回天の解説を始めていた。

全長十四・七五メートル。胴直径一メートル。一人乗り。五百五十馬力。航続距離七万八千メートル。最高速力三十ノット。弾頭搭載のＴＮＴ炸薬約一・六トン――。

並木は改めて回天を見つめた。

それは想像を絶する水中特攻兵器だった。人間を歯車の一つとして呑み込んでしまうだけの威圧感と不気味さを兼ね備えていた。

馬場大尉の声に熱がこもる。回天は、祖国の劣勢を挽回するべく立ち上がった二人の若い士官が考案し、海軍省に何度も膝詰談判した末に生まれた兵器だという。

海軍には高性能の九三式酸素魚雷があった。空気の代わりに純粋酸素を使って石油を燃焼させる推進方式は、世界でも例をみない高度な技術だった。高速で射程が長く、しかも海面に航跡がほとんど出ないので発見されにくい。巡洋艦や駆逐艦に搭載され、大いに敵を脅かした時期もあった。

だが米軍がレーダーを開発し、航空機戦が戦闘の中心になると、魚雷戦は難しくなった。敵艦を発見する前に、レーダーと偵察機でこちらの居所を知られ、空からの攻撃を食らってしまう。敵艦は常に安全な距離を保っていて、こちらが魚雷を発射するチャンスもない。それどころか、重い魚雷は敵の攻撃から逃れる際の足枷《あしかせ》になった。船を軽くするために泣く泣く魚雷を海中に捨てる艦が続出した。

結果、海軍軍需部の倉庫には出番をなくした千本ともいわれる九三式魚雷が眠っていた。二人の若い士官はそれに目をつけた。この魚雷に座席を付け、特攻兵器として再生できないものか。普通の魚雷なら発射する際に決めた方向でしか進めない。だが、人間が乗り込み操縦すれば、方向はもとより深度や速力まで変えられる。敵の目を眩ましながら接近し、敵艦の横っ腹に突っ込めるに違いない――。

人間が乗り込めるようにするため、六十一センチだった魚雷の胴直径は一メートルに拡大された。後ろ半分はそのまま九三式のボディを流用し、潜望鏡や縦舵機など操縦に必要な部品が次々と組み込まれた。そして、弾頭には九三式魚雷の三倍にあたる炸薬が詰め込まれた。

兵器の開発と並行して実戦の方法も練られていた。

母艦となる潜水艦の甲板に、五、六基の回天をバンドで固定し戦闘海域へ赴く。敵艦を発見後、ただちに回天は海中で母艦から発進する。途中で一旦浮上し、潜望鏡で敵艦の位置を確認。後は深度数メートルの海中を、ただひたすら命中するまで回天を走らせる――。

長い説明が終わった。

馬場大尉は、みんなの心を見透かしていたようだった。最後にこう付け加えた。

「回天に脱出装置はない」

並木は声をなくした。佐久間も他のみんなも沈黙した。

耳をつんざく騒音の中で、その一画だけ、死人が並べられたような静けさがあった。

20

その夜、並木は寝つかれなかった。

回天を見た。見せつけられた。

特攻兵器だとは知っていた。魚雷に乗るのだということも薄々気づいていた。

神風特攻隊の出撃は既に新聞などで公表されていた。爆薬を積んだ飛行機もろとも敵艦めがけて突っ込む。回天はその水中版であろうと推測もした。

だが、一縷《いちる》の望みを捨ててはいなかった。

川棚の魚雷艇訓練所にいた頃、「震洋《しんよう》」という特攻兵器を見た。ベニヤ板に貨物自動車のエンジンを取り付けただけの、お粗末な船だった。これに爆薬を積み込み、水上を走って敵艦に突撃するのだという。ただし、そのまま自爆してしまうのではなく、敵艦に接近したところで搭乗員は海に飛び込んで逃げる。だから水泳の達者な者を搭乗員に選んでいる。そんな説明を聞かされた。

それは気休めには違いない。敵艦に接近してから海に飛び込んでも、爆発の威力から逃れることは難しい。しかも敵との戦闘のさなか、味方のいる海岸に泳ぎつくなど不可能だろう。だが、気休めとはいえ、ともかく建前は自爆兵器ではない。死を覚悟して行く「決死隊」であっても、必ず死ぬ「必死隊」ではない。同じようでいて、二つの間には天と地ほどの開きがある。

必ず死ぬとわかって行くのでは、もう人間ではいられない。それは機械の一部だ。歯車だ。自分自身に対する確実なる死の宣告は、人としての感情を捨ててしまわねば成立しえない。

やはり川棚にいた頃、回天は改良されているらしいとの噂を耳にした。一型には脱出装置がないが、いま開発中の二型には付いているのだという話だった。そんな根も葉もない噂に縋りつく思いでこの光基地に来た。だが――。

全ての希望は断ち切られた。回天は、あまりに完璧な自爆特攻兵器だった。

――あれに乗る……。あの鉄の塊に乗って死ぬ……。木端微塵に体が吹き飛び、死ぬ。

並木は寝返りを打った。

向かいのベッドの中で佐久間がモソモソ動いていた。みんなそうだ。誰一人眠っている者はいない。

海が近い。波の音が聞こえる。

——なぜ、俺はこんなところにいるんだろう……。

たった一年前にはグラウンドにいた。毎日みんなで野球をしていた。剛原や、小畑や、津田や、みんなで泥だらけになって白球を追いかけていた。ボレロで冗談を言い合い、一球荘で喧嘩をし、グラウンドで心を一つにした。なのに今は散り散りだ。みんなバラバラにされて、自分一人ここにいる。一人で回天に乗り、一人で死ぬ。

胸が締め付けられた。ヒジを壊して悩んでいた頃を思いだす。二度と速球は投げられないと知って悲嘆に暮れたあの頃。辛かった。悲しかった。だが、そうした辛さや悲しみでさえ、なんと愛しく思えることか。

人生は長いものだと思っていた。その途中には様々な寄り道や回り道があるのだろうと考えていた。しかし今日、一つの道が示された。道草も立ち止まることも許されない、たった一つの道。真っ直ぐな道。死への道。

死など意識したことはなかった。軍隊へ、そして戦地へ。そこには死がごろごろ転がっているのだろうと想像はした。だが、想像でしかなかった。死は遠い存在だった。いつかは訪れるが、そのいつかは霧の向こうだった。

霧は消えた。死は突然そばにやってきた。回天という具体的な形で眼前に姿を現した――。

並木はベッドを抜け出した。

浅い闇の中、手探りで行李から寄せ書きのボールを取りだした。握ってみる。久しぶりの感触だった。海兵団に入団して以来、まともに触ったことがなかった。野球は軍隊から戻ってから。そう決めていた。だがもう戻ることはない。あのグラウンドの土を踏むこともない。魔球も未完成のまま終わる。名もない一兵士の死とともに消え去る。

それでいい。仕方ないんだ。並木は自分に言いきかせた。

戦局を見ろ。フィリピンのレイテ沖海戦で日本海軍の艦隊は惨敗し、大和と並ぶ大艦武蔵まで失った。もう後がない。だから神風特攻隊も出撃した。当たり前の作戦ではどうしても勝てないから特攻隊が生まれたのだ。南方は全滅だ。本土もやられている。Ｂ29爆撃機はいよいよ首都東京を襲い始めた。

わかっている。俺たちがやるしかない。体を張って日本を守るしかない。家族を、美奈子を、俺が命を捨てて守るしかない――。

並木はボールを置き、スナップ写真を手にした。

美奈子はいつもと変わらぬ微笑みを浮かべている。優しい目を並木に向けている。ねえ浩二さん、と語りかけてくる。

並木は封筒から便箋を引き出した。川棚にいたころ届いた手紙だ。

浩二様

卒業を待たず任務につかれるとのこと、ちょっと驚きました。でも、浩二さんのことです、胸を張って意気揚々といったところでしょう。どんな船に乗るのか決まったら教えてください。できれば大きいのがいいですよね。大和とか武蔵は不沈艦といって決っして沈まないのだと叔父が言っていました。

ごめんなさい。また空襲警報のサイレンです。どうせこっちにはこないと思うのですが、母が防空壕に入れとうるさいので筆を置きます。どうかお元気で。

日々あなたの便りを待つ　美奈子

美奈子は武蔵が沈んだことを知らない。大本営はまるで勝ったかのようにレイテ沖海戦を発表していた。だが、毎日のように空襲警報が鳴っているのだ、美奈子だって戦局の悪化に気づいていないはずはなかった。

並木は足音を殺して窓際の小机に向かった。月明かりを頼りにペンを執る。

美奈子へ

連日の空襲、さぞや大変なことと思います。無理せず、先だって手紙にあった埼玉の叔母さんのもとへ疎開してはどうですか。いえ、それを勧めます。ぜひ疎開なさい。

こっちは相変わらず元気でやっています。まだ、乗る船は決まりませんが――

そこまで書いて、並木の手は止まった。指が震え、万年筆のペン先がひしゃげた。

――船じゃない。俺は魚雷に乗るんだ。

21

白い指先が郵便受けを探った。

軍需工場から戻ると、真っ先にそうする。並木を海兵団に送ってからの習慣だ。

封書の見慣れた文字に、美奈子は躍り上がった。

胸に抱きしめて家に駆け込む。母と祖母に「ただいま」だけを言って、自分の部屋に閉じこもる。封を切る手ももどかしく、中の便箋を引き出した。きらきらした目が、忙しく便箋を上下する。

疎開しろと書いてある。こっちは元気だと書いてある。体に気をつけろと書いてある。

美奈子は便箋を頬に当て、さっそく返事を書こうと封書の裏を見た。

《呉局気付　ウの四五五―四　士官第一次室――》

美奈子は首を傾げた。

呉の郵便局宛て……。なぜ、ちゃんとした住所が書いてないのだろう。

手紙を読み返してみたが、勤務地に赴任した、とあるだけで、どことは書いてない。

知らずに笑みが消えていた。

並木が、どこか手の届かないところへ行ってしまったような気がしたのだ。

22

瀬戸内海の周防灘《すおうなだ》を一望する美しい港町――そんな手がかりすら手紙には書けなかった。所在どころか、その存在すら秘中の秘とされた光基地の回天隊では、凄まじい修正の嵐が吹き荒れていた。

「総員整列――修正！」

廊下に並ばされているのは、学生あがりの予備士官たちだった。「海兵出」と呼ばれる海軍兵学校出身の若い職業軍人たちが周りを取り囲んでいる。

「等間隔に開け！　足開け！　歯を食いしばれ！　――士官かかれ！」

号令を合図に、海兵出の中尉、少尉ら十数人が一斉に予備士官を殴り始めた。

「貴様らたるんどる！」

「今日こそ性根を叩き直してやる！」

「どうした！　しっかり足を踏ん張らんかぁ！」

ガツッ、ガツッと鈍い音が響く。一人の海兵出が一人の予備士官相手に最低でも二、三発は殴るから、やられるほうは四十発ほど覚悟しなければならない。見掛け倒しで打たれ弱い佐久間が、二十発あたりで床を舐めた。並木は奥歯を嚙み締め、キツネ顔の剣崎少尉を睨みつけていた。修正するべし、と言い出すのはいつもこの男だ。

修正に理由などなかった。あるとすれば、エリート職業軍人である海兵出のプライドだ。海軍のかの字も知らない学生あがりめ。たかだか一年ぽっちで少尉になりやがって。こっちは海兵と候補生で四年半もメシ食ってきてんだ――。

剣崎が並木の前に立った。

「なんだぁ、その目は？」

右の頰骨に一発食らった。並木はさらに目を尖らせた。

「貴様、俺に逆らう気か！」

二発目も右だった。並木は怯まず顎を突き出した。その鼻っ柱に三発目が放り込まれた。

「どうだ？　少しは身に沁みたか。徴兵猶予で遊んでやがったツケだ！」

並木は無言で鼻血を拭った。再び剣崎を睨む。四発目が飛んだ。

「腰抜け野郎が粋がるんじゃねえ！　貴様はいったい何しに海軍へ来やがったんだ！」

並木は砕けた腰を伸ばし、低い声で言った。

「何しに来たとはなんだ」

そこにいた全員が並木を見た。予備士官が海兵出に口答えするなど前代未聞だ。

剣崎は逆上した。

「き、貴様ぁ、スペアの分際で物申す気か！」

並木はたじろがない。拳を握って一歩進み出た。

「確かに俺たちは海軍の臨時雇いだ。だがな、近々死ぬのは一緒だろう。お前らも俺たちも。違うかぁ！」

「何だとぅ？」

剣崎だけでなく、他の海兵出も殺気立って並木の前に集まった。

「士官かかれ！　二度と屁理屈が言えねえようにしてやれ！」


恐ろしく長い修正が終わって、並木は部屋に担ぎ込まれた。

「無茶だよぉ、連中に逆らうなんて」

佐久間が素っ頓狂な声を上げながら、水に浸したタオルを持ってきた。

「なあ、大丈夫かよ？」

並木は返事をする気力も失せていた。顔が歪《いびつ》になるほど腫れ上がっている。

「まったくもう……」

佐久間は嘆息した。

「ああいうのは勇気じゃないよ。蛮勇って言うんだ。俺はもう嫌だよ、こんなごたごた」

並木は微かに鼻で笑った。

ごたごたがなくなることはないだろうと思う。回天隊は三つの塊の集合体だ。海兵出と海軍機関学校出身の「海機出」からなる職業軍人の一団。並木ら学生あがりの予備士官。さらに予科練出身の十代の下士官たち。それぞれが、物の考え方も軍隊での育ち方もまったく異なるので摩擦は避けられないし、死を約束された集団だから誰もが常にぴりぴりしている。海兵出の修正には容赦も手加減もない。無論、海兵出の中にも予備士官を祖国防衛の同志として認めている者も数多くいたし、そうかと思うと、海兵出にやられた腹いせに、予科練出身の下士官や水兵を殴りつける予備士官もいて、三者三様、相容れない関係が出来上がってしまっている。

さっきのような調子だから、並木は迫りくる死に目を向ける暇もないほど殴られ続けていた。心のどこかでそれを望んでいた。小畑ではないが、いっそ死んだほうが楽だという境地に自分を追い込んでしまいたい。苛立ちが並木を支配していた。死の宣告は受けたが死ぬ日時が決まらない。回天の艇数が少ないので、訓練の順番さえまだ回ってこないのだ。やれ座学だ、魚雷機構だ、操縦法だ、整備手伝いだと、そんな細々したことをいくら教え込まれても馬鹿らしく感じる。要するに、こいつに乗って敵艦にぶつかりゃいいんだろう。行き着くところは自暴自棄だ。

投げやりな気持ちばかりが膨らんで、何事につけても意欲が湧いてこない。

隣の佐久間はまだぶつぶつ言っている。手鏡に自分の顔を映し、ああ、こんなに腫れちゃって、などとぼやいている。

並木は舌打ちした。なんでこいつは、女みたいに手鏡なんか持ってるんだ?

「佐久間」

「何?」

「どんな顔になったっていいじゃないか。どうせすぐに死ぬんだ」

佐久間が何かを言い返そうとしたが、別の声のほうが早かった。

「よう。すっかりいい顔になったな」

並木は目玉を動かした。

部屋の入口に、ざんばら髪の男が立っていた。柱に片手をつき、体を斜めにしてこちらを見ている。線のように細く、それでいて鋭い眼光——。

まさかと思った。自分の目を疑った。だが間違いない。北だ。北勝也が回天隊にいた。

並木は上半身を起こした。痛みすら忘れていた。

「北……お前もいたのか」

「ひと足早くな」

「いつだ?」

「特攻兵器ができたと聞いてすぐにだ」

並木は衝撃を受けた。

「知ってたのか。特攻兵器だとわかっていて志願したのか」

「ん？　貴様は知らなかったのか」

聞き返されて並木は言葉に詰まった。引け目のような気持ちがそうさせた。

「それより並木――魔球は完成したのか」

虚を衝かれた。その並木を見据え、だが、北の口元に微かな笑みがあった。

「冗談だ」

北は踵を返した。並木はその背中を追って廊下に出た。

「北――」

「何だ？」

「お前、なんで特攻兵器と知ってて志願したんだ？」

「なぜそんなことを聞く？」

並木は北の前に回り込んだ。

「聞きたいんだ、教えてくれ」

北は足を止めずに答えた。

「国難に殉《じゅん》ずる。男子の本懐《ほんかい》、これに過ぎるはなし――他に理由があるか」

「本心か、それが？」

「無論だ」

並木は胸にあった言葉を押し出した。

「走る道がなくなった。お前、そう言ったよな」

北の目が動いた。

「いつの話をしている」

「ボレロで聞いた。ロンドン五輪が中止になって……だから……」

「何を言わせたい？」

「自棄になったんじゃないのか。海軍の志願も、回天に志願したのだって」

「自棄になってるのは貴様のほうじゃないのか」

北が立ち止まった。

「己の弱さを正当化するために、俺を同類に仕立て上げるのはよせ」

心に手を突っ込まれた気がした。

「お、俺は……」

「それとな、並木少尉。口のききかたには気を付けろ」

腫れた頬に拳が飛んできた。北の事業服の襟章には銀の桜が二つあった。中尉だ。

よろけて壁に凭《もた》れた並木を、冷たい目が見つめていた。

「理由はなんだっていい。敵艦に突っ込みさえすれば特攻の使命は果たせる」

23

波音が耳に重なる。

並木は真っ暗な浜辺を歩いていた。消灯後に兵舎を抜け出した。軍規違反だ。

潮の香りが鼻腔をくすぐる。風が冷たい。それでも頬はまだ熱をもったままだった。

自棄になってるのは貴様のほうじゃないのか――。

北の言う通りだった。

己の弱さを正当化するために、俺を同類に仕立て上げるのはよせ――。

それも言い当てられていた。並木は同類を欲していた。ボレロの時と同じだった。またしても北は、鋭利な言葉で並木の胸を切り裂き、裸の心を鷲摑みにした。

だが……。

自棄にならずして死ねるか。これも運命と心静かに死ねるか。

並木は天を仰いだ。

満天の星だった。恐いほどの星空……。

並木はポケットを探り、ボールを取り出した。壮行試合の寄せ書きのボールだ。

顔に近づけて目を凝らす。星明かりでどうにか文字が読み取れた。剛原、小畑、津田、盛岡、遠山、伊佐、中村、大竹、戸所……みんなの名前が書いてある。

ああ、性格が出ているな、と思う。剛原の字は人を押し退けるように大きいし、無口な遠山は字まで掠れている。小畑のは几帳面な字だ。筆字ふうに格好をつけて書いたのは津田か。ヒョウタン顔の中村は、ご丁寧にヒョウタンマークまで書いてらぁ……。

ふわっと和んだ心が、次の瞬間、冷えきった。

砂を蹴って走った。波打ち際に足を踏み入れ、右手を大きく振るった。

「もういい。球遊びは終わりだ！」

漆黒の海に向かって、思い切りボールを投げた。

白い放物線を微かに覗かせ、ボールは波間に消えた。

誰かの声が聞こえた気がした。ゲームセット——。剛原の声か。津田か。それとも小畑だったか。

並木はうなだれた。肩を落としてその場に立ち尽くした。波の音が時間を忘れさせた。

——終わりだ。何もかも……。

並木は海に向かって一礼した。グラウンドを去る時のように。

足先に何かが触れた。

えっ……？

ボールだった。寄せ書きのボールが波に打ち返されて、並木の足元にあった。

頭に血が上った。

手荒く拾い上げてまた海に投げた。力の限りに。

並木は肩で息をしていた。遠くの波を睨みつけ、そして背を向けて歩きだした。もう振り返るまい——。

兵舎に戻った。毛布を頭から被った。どれくらいそうしていただろう。

並木は毛布を撥ね退けた。兵舎を飛び出し、海へ走った。空は白み始めていた。砂に足を取られて何度も転んだ。波打ち際を走った。腰を屈めて走り、膝で歩き、最後には這いつくばってボールを探した。

ゆらり。波間に白い物が動いた。

「ああ、あった……。あったぁ！」

並木はボールを拾い上げた。冷たい海水を拭い、両手の温もりの中にボールを包み込んだ。

渇きにも似た思いが胸に広がった。

投げたい。マウンドでこいつを投げたい。一度きりでいい。死ぬ前にもう一度だけ——。

手のひらの上で、ボールがくるっと縫い目の位置を変えた。消えかかった命の灯が、ふっと燃え上がったように並木には見えた。

24

昭和二十年が明けた。

米軍は一月にフィリピン・ルソン島のリンガエン湾に上陸。二月には硫黄島《いおうじま》に攻め込み、沖縄へ手が届くところまで迫ってきていた。敵の北上を食い止めるべく、回天特攻隊は極秘作戦を展開していた。回天を搭載する潜水艦ごとに六人前後の編成を組み、前年に初陣を飾った「菊水《きくすい》隊《たい》」に続いて、「金剛隊《こんごうたい》」や「千早隊《ちはやたい》」らが相次いで出撃。ウルシー島などで碇泊中の敵艦船に甚大《じんだい》な被害を与えた。

姿の見えない水中特攻兵器の出現は神風特攻以上に米軍を恐れさせた。が、皮肉なことに、その恐怖の大きさが、敵の対潜哨戒網《たいせんしょうかいもう》づくりを急がせる結果となった。艦船が碇泊する湾内には、潜水艦の侵入をシャットアウトする防御ネットが何重にも張り巡らされ、最新のレーダーを付けた偵察機や、ソナーと呼ばれる水中音響探知機を装備した駆逐艦と駆潜艇が隈《くま》なく辺りを警戒するようになった。

この鉄壁な対潜哨戒線を突破できず、あるいは強行に突破しようとして消息不明となる潜水艦も出始めた。母艦である潜水艦が接近できないのでは、回天が発進する機会も得られない。軍令部は碇泊艦船に対する攻撃を断念し、航行艦襲撃、つまりは洋上を航行中の艦船を攻撃目標とする作戦に切り替えようとしていた。広い洋上となれば、敵も湾内ほど徹底した警戒はできない。その隙をついて回天で襲撃しようというわけだ。いずれにせよ、回天特攻隊に対する海軍上層部の期待は大きいようだった。大津島、光に続いて、同じ山口県の平生《ひらお》にも、大掛かりな基地の建設が夜を徹して進められていた。

今や回天隊の最大拠点となった光基地には、夕闇が迫っていた。

「みんな不思議がってますよ。並木少尉は、なぜ一度も俺たちを殴らないんだろうって」

「俺には弟がいるからな」

「へえ、いくつです？」

「国民学校の六年生だ」

「やっ、ひっどいなぁ！」

六年生と一緒にされて苦笑いしたのは、十八歳の沖田《おきた》寛之《ひろゆき》だ。

元は予科練にいた。中学卒業と同時に甲種飛行予科練習生として土浦《つちうら》航空隊に入隊。戦闘機乗りを目指していたが、やはりここでも特殊兵器の搭乗員募集があり、沖田は迷わず志願した。光基地に転隊になるまでは、大津島の回天隊で訓練を積んできたという。

言葉を交わしたきっかけは、二人の実家がともに東京の高円寺だったからだ。無論、沖田は地元が生んだ天才投手の顔も名前も知っていた。だが、ここは軍隊である。しかも並木は少尉、沖田は二等飛行兵曹で階級も下だ。同郷だというだけで馴れ馴れしく話をできるはずもないのだが、それをわけなくやってしまうのが沖田という男だ。何事にも前向きで、そのうえ人懐こい。この人間は信じられると思えば、遠慮なく懐に飛び込んでいく。幼い時分に母親を亡くしているせいか、時折、甘えん坊の顔を覗かせるが、気骨もあって、分隊対抗の騎馬戦では、例のキツネ顔の剣崎少尉を馬から引き摺り落とし、いつもの仕返しとばかり殴る蹴るの狼藉を働いていた。

沖田は前にこんなことを言った。

「へえ、並木少尉はオニヤンマを追っ掛けてたんですか。俺は赤とんぼだったなぁ」

「赤とんぼ?」

「予科練の練習機ですよ。色がオレンジなんでそう呼んでたんです」

沖田は幼い頃から飛行機乗りに憧れていたという。なのに目の前に突きつけられた特殊兵器は、沖田が夢に見た大空とはおよそ懸け離れた、暗い海中を走る人間魚雷だった。さぞやがっかりしたろうに、沖田は不平一つ漏らさない。それどころか今では回天を己の分身だと言い、回天特攻は最高の死に場所だと口にする。国を守るためなら、飛行機だろうが魚雷だろうが何にだって乗る、と。

並木にとって、そんな純粋で健気《けなげ》な沖田は眩しい存在だ。時に軍国色の強いのには閉口するが、しかし、この殺伐とした特攻隊基地でも決して明るさを失うことなく、いきいきと毎日を過ごす沖田という男に、心を洗われることが多いのも確かだ。自棄っぱちになっていた並木を救ってくれたのは、あの波打ち際のボールと、この沖田の明るさだったかもしれない。

並木と沖田が親しくなったのには、もう一つ理由があった。いま二人の間をちょこまか行ったり来たりしている「カイテン」である。

茶色い毛の子犬だ。まだ目が見えないようなのを沖田がどこからか拾ってきた。食料事情が悪い昨今だ、犬にまで食べさせる余裕はないと飼い主に捨てられたのだろう。カイテンという名に並木は反対したのだが、沖田はひどく真剣な顔で言ったものだ。救国の兵器の名を付けてどこが悪いのですか。こいつだってきっと喜びます——。

基地では誰もが「回天」をあまり口にしない。そもそも軍の機密だから軽々しく口にできないし、だからではないが、普段は「的《てき》」とか「艇《てい》」とか呼んでいる。心のどこかで、その名を避けているところもあるのかもしれない。回天。それは死を意味する言葉でもあるからだ。

が、カイテンの飼育係を買って出た沖田は、そんなことはお構いなしだ。

「カイテン、メシだぞぉ！」「おーい、カイテン、カーイテーン！　どこだぁ！」

こうなるともう、回天は本当に救国の兵器なんだろうかと疑わしくなる。並木は内心苦笑しつつ、そんな沖田とともにカイテンの世話をするのが日々の楽しみになっていた。

「ほれ、飲め」

沖田は油差しのようなものを手にしていて、中に入れたミルクをカイテンにチューチュー吸わせている。

その様子に目を細めながら、だが、並木には気掛かりがあった。

「なあ、沖田」

「何です？」

ミルクやりに夢中で生返事だ。

「俺、明日乗るんだ」

並木が言うと、沖田は顔を上げた。

「あ、搭乗訓練ですか。初めてでしたっけ？」

「ああ。どんなだ？」

沖田は既に何度も乗っている。腕もすこぶるいいらしい。

「最初は結構難しいですよ。でも、すぐ慣れます。要はやる気です」

「そうか、やる気か……」

「ええ」

沖田はまたカイテンに顔を戻していた。

並木は聞いてみたくなった。

「沖田——お前、早く出撃したいか」

真顔が向いた。

「もちろんです。明日行けと言われれば喜んで行きます」

「明日でもか」

「ええ。早ければ早いほうがいいです。それに、このままじゃ、姉たちだって殺されてしまいますからね」

「ん。そうだな……」

死ぬのは怖くないか。喉まで出かかった質問を並木は呑み込んだ。どれほど打ち解けても、それだけは言えない。たった一つ存在する特攻隊基地のタブーだ。

「それよか少尉、下士官の間で評判ですよ」

カイテンを手放した沖田が意味ありげな笑みを寄せてきた。

「何がだ？」

「決まってるでしょ、美奈子さんからの定期便ですよ」

「ん……」

途端に並木の顔が曇り、沖田が慌てた。

「俺、なんかまずいこと？」

「いや、そうじゃない——俺な、このところ返事を書いてないんだ」

「そんなあ！　だめですよ少尉」

沖田が憤慨した顔で言った。

「なぜ書かないんです？　可哀想じゃないですか。美奈子さん、きっと心配してますよ」

「わかってる」

「わかってるなら――」

「嘘だらけの手紙を書くのが嫌になっちまったんだ」

一息で言った。

沖田は瞬時に萎《しぼ》んだ。

「ええ。わかります。でも……」

「嘘じゃないことでも書いていて辛い。手紙で優しいことを言って、喜ばすだけ喜ばして、それで後はどうする――嫁さんにしてやれるわけでもないんだぞ」

言っていて、自分の言葉が胸に痛かった。

「……わかりました。もうやめましょう、この話は……」

沖田はそっと目元を拭うと、歩いていたカイテンの尻尾を捕まえた。嫌がるカイテンを引き寄せ、高い高いをしてやりながら明るく言った。

「早く行きたいですね。俺は絶対空母をやりますよ。雑魚《ザコ》は見逃してやります。なっ、カイテン！」

25

夜になって小雨が落ちた。兵舎では、近く出撃する回天搭乗員の送別会が開かれていた。

会場に向かう足が重かった。並木はこうした会に出るのは初めてで、だから出撃搭乗員たちの顔を見るのが恐ろしかった。死を間近に控えた人間は、一体どうなってしまうのか。それを我が目で確かめるのが恐い。カイテンのところで時間潰しをしていたのはそのせいだった。兵舎に入って廊下を歩くうち、もう食堂の熱気が伝わってきた。こういう時ばかりは無礼講だ。上官も部下もなく、飲んで、歌って、騒ぐ習わしだ。

並木はそっとドアを開けた。宴は既に佳境に入っていた。怒声とも歓声ともつかない喧騒の渦。濛々《もうもう》とした煙草の煙り。体と体がぶつかり合い、入り乱れている。酒瓶が手から手へと渡っていく。酔っ払った男たちが踊り狂っている。思わずたじろいでしまうほどの馬鹿騒ぎのその奥で、この日送られる出撃隊員たちが一列に並んで座っているのが遠目に見えた。

並木はおずおずと歩を進め、出撃隊員の席に近づいた。

息を呑んだ。

信じがたかった。

彼らの表情の、なんと清々しいことか。みな微かな笑みを浮かべ、静かに酒を酌み交わしている。踊り叫ぶ後輩たちに優しい視線を投げかけている。それはまるで、悟《さと》りを啓《ひら》いたような……。苦しみも悲しみも死の恐怖さえ乗り越えてしまったような……。もはや、この世の人間ではないような……。どんちゃん騒ぎの只中にありながら、そこだけ、ふわっと柔らかで高貴な光に覆われているかのようだった。

並木はその場に立ち竦んでいた。胸が熱かった。

——人間はああまでなれるものか……。

腰が抜けたように近くの椅子に座った。途端、真っ赤な顔の佐久間が酒瓶をぶら下げて抱きついてきた。

「よう並木ィ！　すごいなぁ、すごいよなぁ！」

きっと佐久間も出撃隊員たちのことを言っている。足元も覚束なくなるほど酔ってはいるが、しかし、そんな泥酔者でさえ感動させてしまう微笑みが、出撃隊員の顔にはあった。

国を愛しているからに違いない。純粋な祖国愛なくして、あの顔にはなれない。沖田もきっとあの顔になる。我が身の死など大したことではないと微笑んで出撃していくのだろう。

——ああ、俺もなりたい……。ああいう顔をしてここを出ていきたい。

並木は心底思った。笑って出ていく。死を運命づけられた人間にとって、それほどの幸福が他にあるだろうか。

送別会も終わりに近づいて、回天隊の歌の大合唱になった。組んだ肩が波のように揺れる。

貴様と俺とは　同期の桜　同じ回天隊の　庭に咲く
咲いた花なら　散るのは覚悟　見事散ります　国のため

並木も歌っていた。声の限りに歌いながら、みんなとともに涙を流していた。

俺もあの出撃隊員たちの仲間なのだ。そうとも、俺も見事に散ってやろう。俺だって他の隊員と変わらない。国を思っている。守りたい人もいる。みんなと同じだ。俺だけ違う人間のはずがない――。

並木は傍らの男の酒瓶を引ったくった。

口をつけて一気に呷《あお》り、中身が一滴もなくなるまで喉を鳴らした。


真夜中に目が覚めた。

こめかみが疼《うず》く。明日は搭乗訓練だというのに……。

周りは鼾《いびき》の合唱だった。酒臭い。みんな正体なく眠っている。

並木はこっそり布団を抜け出した。

兵舎を出て裏へ回る。雨はあがっていた。足音に気づいたカイテンが犬小屋代わりの木箱から顔を出し、クーンと鼻を鳴らした。

「ごめんな。今夜もちょっと借りるよ」

並木はカイテンを抱き上げて後ろに下ろした。兵舎の壁際に頑丈な椅子を押し付け、その上に木箱を縦にして置く。やや小さめのストライクゾーンができる。カイテンの温もりが残る毛布を丸めて木箱の奥に寄せる。キャッチャーミットだ。

歩数で測った線まで離れる。振り向いて、ポケットから寄せ書きのボールを取り出す。親指と人差し指の間に挟み込む。

サイドスローからボールを送り出した。

ボッ。毛布がへこむ。

ボールを取りに行き、線まで戻り、また投げる。

ボッ。

死は覚悟した。自棄っぱちに流れる時間も過ぎ去った。しかし、だからといって送別会で流したあの涙が自分の本心だろうか。

心静かに、そしてお国のためにと、喜んで死ねるだろうか。

ボッ。

送別会の涙は乾いていた。夢の中の出来事だったように思える。

本当に死ぬのが恐くないのか。みんな、本当にそうなのか。

俺だけなのか……。俺だけが生きることに未練を持っているのか。

ボッ。

わかっている。もう生きることを考えてはいけない。確実な死が約束されているのだから。

明日に夢を持ってはいけない。その夢はどう足掻《あが》いても実現できないのだから。

でも……。

魔球を完成させたい。完成させてから死にたい。ちっぽけなことでいい、自分がこの世に生きていたという証《あかし》を残したい。

ボッ。

——いいだろ、それぐらい……。

並木は足元を見た。

「もう十球だけ勘弁な」

体を丸めたカイテンは、赤子のように微かな寝息をたてていた。

26

《〇五〇〇黎明訓練開始。搭乗員、並木少尉——》

起きろ。五時から訓練開始だ。乗るのは並木だ。ぼんやりした頭が軍隊用語を翻訳していく。

——いかん！

並木は飛び起き、慌てて搭乗服に着換えた。海図と秒時計を淩うように摑んで、発射場のある栈橋へ走った。いや、その前に調整場だ。自分の乗る回天の整備状況を見ておかなくてはならない。

一足遅かった。並木の乗る「使用基三十五号艇」は既にトロッコに乗せられ、レールの上を桟橋へ向け移動中だった。仕方なく桟橋に戻った。その直後、馬場大尉が浮腫《むく》んだ顔で現れた。

並木は息を整え、直立不動で挙手の礼をした。

「並木少尉、第一回搭乗訓練、出発します。使用的三十五号。第一海面、制限速力二十ノット。主要訓練項目、発進停止増減速、対勢観測。訓練時間四十分。発射予定時刻〇五〇〇。終わり！」

馬場の目が並木の服装を点検した。

「初めてだな？」

「そうであります」

「同乗訓練をしとらんそうだな」

「はい」

初めての搭乗は、他の者が操縦する回天に相乗りして補佐役を務めるのが普通だ。どうしたわけか、並木はぶっつけ本番の単独訓練。しかも、ベテランになってからやる明け方の訓練に充てられた。

「くれぐれも慎重にやれ」

並木を心配しているのではないことは表情と口調でわかった。馬場は数少ない回天を壊されるのを案じている。

馬場の後ろに北や沖田ら数人の顔があった。

訓練の際には、追躡艇《ついじょうてい》という高速の船に隊員が乗り込み、訓練中の回天を水上で追跡する。航法を学ぶ課業の一つであり、事故防止やいざという時の救助の役割も担う。その追躡艇の今日の指揮官が北中尉というわけだ。沖田も乗るらしい。懸命に目で語りかけてくる。少尉、頑張って下さい——。

回天が発射場に到着した。海はまだ薄暗い。波は穏やかだが、靄《もや》がたち込め視界は最悪。空だって今にも泣き出しそうだ。

「訓練始め！」

馬場の声が響いた。

並木は弾かれたように動いた。回天に覆い被さるような格好で上部ハッチを開き、その丸い空洞に腰と足を滑り込ませる。

すとんと腰が座席に落ちた。ひんやりした硬い椅子だった。

狭い。第一印象はそうだった。胴直径一メートル。その数字以上に狭く感じる。前も後ろも酸素タンクの壁が迫り、頭の上は僅《わず》か数センチの空間しかない。身動きもままならない。右足に至っては機械につかえて伸ばすことすらできなかった。

——これが回天か……。

並木は改めて衝撃を受けた。人が乗るスペースは、ぴったり人の大きさの分だけしかない。人が機械の歯車として組み込まれるようにちゃんと設計されているのだ。実際に乗り込んでみてそれがよくわかった。まさしく鉄の棺桶。

足の先に下部ハッチが見える。実戦の際はその下部ハッチを使う。母艦である潜水艦の内部から、交通筒という狭い通路を通って伸び上がるようにして乗り込むのだと習った。訓練と異なり、回天は海中で発進する兵器だからだ。敵艦に狙いをつける時に使う潜望鏡の接眼部は、顔のすぐ上にある。水防眼鏡とも呼ばれるが、回天隊では「特眼鏡」で通っている。

並木は右手で筒内灯のスイッチを入れた。びっしりと詰まった計器、ハンドル、各種の弁が、豆電球ほどの灯りに浮かび上がる。白いテープで巻かれ、触れてはならないと厳命されている部分がある。自爆装置のレバーだ。実戦で敵艦に当たり損ねたらこのレバーを前に倒す。間違っても、敵に回天を回収され、構造を調べられるようなことがあってはならない――。

並木は黒々とした想像の線を断ち切った。発進のための準備作業を急がねばならない。手順は複雑だ。座学で頭に叩き込んだマニュアルを呼び起こす。

こうだ。電動縦舵機の起動スイッチオン――起動弁全開――レンチで十六回、弁を回す――ベント弁閉鎖――キングストン弁閉鎖――縦舵機排気弁全開――操空塞気弁全開――縦舵機発動弁全開――安全弁閉鎖――燃料中間弁全開――潤滑油導入弁全開――人力縦舵作動確認――面舵《おもかじ》、取り舵を一杯まで操作――海水タンク調整弁閉鎖――速度調節の調圧ロッド作動確認――深度調節のための調深ロッド作動確認――特眼鏡の昇降などの作動確認――電動縦舵機の固定装置解除――。

およそ五分。自分の吐く息にも噎《む》せそうな筒内で、並木は千手観音のように懸命に二十六のハンドルと弁を操作した。

「発進準備よし！」

並木が叫ぶと、整備員が外側からハッチを閉じた。耳の奥がつんとする。

嫌な間の後、ふわっと体が持ち上がった感じがした。艇がクレーンで吊り上げられ、海面に運ばれているのだ。停止した。船が近づいてくる音が聞こえてきた。横抱艇《よこだきてい》と呼ばれる船だ。その名の通り、回天を横に抱えて発射地点まで運ぶ。

コンコン、コンコン。外で艇を叩く音がした。《艇内異常なきや？》の合図だ。並木は調圧を十八キロに設定し、スパナで異常なしの合図を返した。ややあって、今度はコンコンコンと続けざまに叩く音。《十秒後に発進始め》――。

並木はごくりと唾を飲み下した。そのごくりを「十」に秒読みを進めた。

「……四……三……二……一……よし！」

並木は体の真後ろにある発動桿《はつどうかん》を力任せに突き押した。

耳を澄ます。空気圧で推進機が空転している音がする。と、次の瞬間、音が変わった。点火装置の導火薬に火が点いたのだ。

燃焼室が完全燃焼の状態に入った。

グオオオという恐ろしい音とともに、いきなり艇が前方に飛び出した。

熱走――そう呼ばれる状態だ。体が背もたれに押しつけられる。凄まじい加速感だ。

――こ、こいつは……！

並木は驚嘆した。速い。いや、速すぎる。異状を感じた脳が深度計に目線を向けた。針が「0」を指している。艇は今、海面を疾走しているということだ。

――何やってる。潜れ！

調深と調圧のロッドを弄《いじ》り、ダウン四度の傾斜で潜航した。同時に秒時計の竜頭《りゅうず》を押す。艇の振動が弱まった。海中に入ったからだ。感覚と深度計でそう判断する。目で確認することはできない。進行方向にもどこにも窓などない。海中を走行中は特眼鏡も使えない。目隠しをされた状態で艇を走らせているも同じだ。

不意に幼い頃の記憶が蘇った。海水浴に連れて行ってもらった。父に摑まってバタ足をするうち、大波を食らってはぐれた。父のもとに戻ろうと必死でもがいた。海水が目に沁みて、だから目を瞑って泳いだ。暗くて、恐くて、頼りなくて……。

並木はかぶりを振った。順調だ。これでいい。方向も間違っていない。艇は真っ直ぐ目標の小《こ》祝島《いわいじま》に向かって進んでいるはずだ。このまま五分間走り、そこで一旦浮上。特眼鏡を上げて周囲を観測し、今度は艇を百八十度回頭、つまりはUターンして発射地点に戻る――。

そんな段取りを頭に浮かべた直後、並木は異変に気づいた。

深度計の針が、十五……二十……とぐんぐん下がってきていた。

血の気が引いた。海図によれば、この辺りの水深は三十メートルしかない。

――まずい。海底に突っこんじまう！

慌てて調圧ロッドを五キロに戻し、調深ロッドをゼロに合わせた。だがだめだ。深度計の針は止まらない。二十五に近づいていく。

「どうなってんだぁ、こいつ！」

怒鳴った時だった。前のめりになっていた体がすっと後ろに引かれた。艇が平行になった。そういうことか。だが、自信が持てない。

深度計はぴたり三十を指している。海底スレスレだ。数秒待った。衝撃は訪れない。

――助かった……。

並木は長い息を吐き出した。

訓練基の弾頭には、炸薬の代わりに海水が詰められている。海底の土砂に突っ込んで動けなくなった時には、その海水を圧搾空気で排水して浮力を得、脱出を試みる。詰めた海水は緑色に着色されているから、艇の突発事故を海上に知らせる非常信号の役割も兼ねている。

だが裏を返せば、追躡艇が非常信号を見つけ損ね、艇が海底の土砂に深く潜ってしまえば脱出も救出も望めない。水圧でハッチは開かない。土砂から自力で脱出しようにも、回天には後進機能がない。特攻を目的に造られた回天は、後ろには進めない構造なのだ。

――とにかく浮上だ。

ロッドを操作する。ガリッと微かに尾部が擦れる音がした。一瞬肝を冷やしたものの、それ以上の海底接触はなく、ようやく艇は浮上を始めた。が、またも操縦ミスを犯した。今度は浮上の角度と速度が大きすぎた。制御できない。じゃじゃ馬。こういうのを言うのか。

「くそっ、言うことを聞け！」

見る間に深度計の数字が小さくなり、ついには艇が海面に飛び出した。潜ったり、飛び出したりの「イルカ運動」は最低の操縦とされている。実戦ならば発見され、敵艦は「之」の字を描きながら全速で逃げだす。そうなったらもう命中はおろか、追いつくことさえ不可能となる。

冷静になれ。並木は自分を叱りつけ、深度を五メートルに設定して、再び潜航を開始した。艇が落ち着いた。決して安定したとはいえないが、それでもどうにか海中を真っ直ぐ走っているようだった。

秒時計に目をやる。四分三十秒……。

きっかり五分経ったところで海面を目指した。浮上直前に特眼鏡を上げ、接眼部を覗き込む。視野が明るくなった。思った途端、眼前に波が現れ、その先に島が見えた。目を凝らす。形からして小祝島だ。なんとか目標に辿り着いた。

並木は安堵の息を吐き、接眼部に目をつけたまま、懸命に体を捻って後方を見た。追躡艇がいる。倍率を六倍に上げた。甲板に北がいた。無表情だ。沖田もいる。こちらは心配そうな顔だった。

実戦ならばこれが最後に目にする光景となる。二人の顔ではなく、敵艦の姿だ。そして潜り、後はただ突っ込む——。

並木は特眼鏡を下ろし、潜航しながら面舵いっぱいでUターンを開始した。回り切ったところで秒時計を作動させた。あと五分の辛抱だ。桟橋に戻ればこの棺桶から解放される。息苦しさを感じていた。後ろ向きの気持ちがそう感じさせているのだと思っていた。

だが、違った。息苦しさは次第に呼吸を荒くさせた。頭もくらくらする。目も霞んできた。気圧のせいか。それとも艇内の空気にガスが混じってしまったのか。並木は震える指で苛性《かせい》ソーダの入った空気清浄缶を開けた。だが、一向に効きめがない。

胸が苦しい。嘔吐感も突き上げてきた。もう一刻もここにはいられない。外の空気を吸いたい。並木は苦し紛れに調圧を二十五キロまで上げた。到着時間を五分から三分に縮められると思った。

回天は唸りを上げて疾走した。いや、猛り狂った。音。振動。加速。もう体も神経もバラバラになりそうだ。

——頼む。早く終わってくれ……。

一分、二分……。時間が途方もなく長く感じられた。

実戦でも最後はこうなるのだろう。轟音と振動の嵐の中で、秒時計を睨みつけながら命中の時を待つ。死の瞬間を待つ。

ぴたり時間通りに突っ込めるとは限らない。予測より早くぶつかるかもしれない。遅れてぶつかることだってあるだろう。それまでの間、どう過ごせばいいのだろう。死ぬ時間帯が決まっていて、なのに死ぬ瞬間はいつなのかわからない。前も後ろも何も見えない真っ暗な狭い筒の中で、そろそろだ、そろそろぶつかる。そう考えているのか。そんな残酷な死に方って……。

ハッと我に返った。ぼやけた目で秒時計を見た。

大丈夫だ、まだ二分しか経っていない。いや待て、さっきも二分だったではないか。

秒時計の針が止まっていた。朝慌てて兵舎を飛び出した。だからネジを巻き忘れた——。

ドカーン、ドカーンと音が聞こえた。発音弾だ。追躡艇が危険を知らせる発音弾を海中に撃ち込んだ。ならば——。

防波堤が近いということだ。艇は防波堤めがけて突進している。

調圧を思い切り下げ、発動桿を引き戻した。だが速力は落ちない。面舵だか取り舵だかわからない。ともかく目一杯舵を切った。切りながら目を瞑《つぶ》った。手足を突っ張った。

耳をつんざく音とともに強い衝撃が体を襲った。

横からだった。上半身が振られて、額を特眼鏡に打ちつけた。揺り返しが体を反対のほうに振り、それが何度か繰り返されて、ようやく艇は動きを止めた。

額につっと一筋、血が伝った。体がガクガクと震えていた。背中にどっぷり汗をかいていた。

特攻で死ぬための訓練——その訓練でさえ、死と隣り合わせなのだと思い知った。

外からハッチが開けられた。並木は整備員の手と肩を借りて艇を出た。

馬場大尉の怒りは普通ではなかった。

「もういい帰れ！　帰って、回天と貴様の命とどっちが大切かよく考えてみろ！」

嫌というほど殴られた。並木は謝る気力すら残っていなかった。

よろける足で兵舎へ向かうと、沖田が追いかけてきた。

「大丈夫ですか、少尉」

その沖田が横から突き飛ばされた。

北だった。

「貴様は下がれ」

そう言って沖田を追い払い、並木の前に立ち塞がった。刺すように冷たい視線だ。

「並木――貴様、特攻が恐くて自殺でもする気になったか」

「いや……違う……」

「ならば芝居を打ったのか」

「……芝居？」

北は顔を近づけて言った。

「わかっているはずだ――回天隊は操縦が上達した順に出撃していく」

研究会と呼ばれる夜の反省会でも並木は吊るし上げを食った。キツネ顔の剣崎一派に、ここぞとばかり徹底的にやり込められた。だが、並木には罵声《ばせい》も陰湿な質問も耳に届かなかった。胸にはただ、北の一言があった。

操縦が上達した順に出撃していく――。

それまで考えたこともなかった。だから並木を打ちのめしたのは、北の言葉ではなかった。その言葉に一瞬、「生」の希望を見てしまった己の心に打ちのめされていた。

操縦が下手くそなら出撃は後回しにされる。死ぬのが延びる。いや、ひょっとして最後まで出撃せずに済むかもしれない――。

そこまで考えてしまった自分が情けなかった。情けなくて情けなくてたまらなかった。

沖田を見ろ。毎晩、士官舎へ「搭乗割り」を見にいく。明日の搭乗予定者に自分の名前があれば飛び上がって喜び、なければ悔しがって荒れまくる。早く操縦が上手くなりたいからだ。早く上手くなって、みんなより先に出撃したいからだ。どの隊員もそうだ。みんな死と真っ向から勝負しているではないか。なのに俺は……。俺ってやつは……。

その夜遅く、並木は馬場大尉の部屋をノックした。

「貴様か、何しにきた?」

並木は膝を折り、頭を床に擦りつけた。

「大尉、お願いです。明日も搭乗させてください。明後日も明々後日も回天に乗らせてください」

並木の部屋の机に手紙があった。窓の隙間から入る潮風が、たった一枚の便箋を震わせていた。

浩二様

なぜお便りをいただけないのでしょう。
元気かどうかだけでもお知らせください。
忙しいのですか。お体の具合でも悪いのでしょうか。
それとも、そうなのですか。わたしは、浩二さんに嫌われてしまったのですか。
教えてください。本当のことを。
どれほど辛い言葉でも受け止めますから。
お便り待っています。ずっとずっと待っています。

美奈子

27

並木は訓練に没頭した。

基礎訓練は瞬く間に習得した。応用訓練に入っても、狭水道通過法、碇泊艦襲《ていはくかん》撃法、航行艦襲撃法と慌ただしく知識と技術を吸収していった。そのさまは、並木がこの光基地へ来てからの心の変化のように目まぐるしかった。初めて回天と対面し、死の恐怖にただ震えていた頃。どうせ死ぬのだと自棄になった頃。死と真剣に向かい合おうともがき苦しんでいた頃。そして今、並木の心は新たな段階に入ったようだった。

感情が平板になった。死に対する感覚の麻痺《まひ》とも呼べる状態だった。生きる死ぬは観念化して朧《おぼろ》げになり、目の前の厳しい訓練だけが、並木にとって唯一の現実となった。寝ても覚めても頭の中は回天のことで一杯だった。使える時間のすべてを実技と座学と自習に注ぎ込んだ。それこそが、死の恐怖から心を遠ざける最も有効な手段だったかもしれない。だが並木にはもう、そうした自覚すらなかった。

訓練は「航行艦襲撃法」に多くの時間が割かれていた。

敵の対潜哨戒網は日を追うごとに厳重になり、もはや湾内に潜入しての碇泊地攻撃は不可能だった。回天の襲撃目標は、洋上を航行する艦船に完全に絞られていたのだ。

動く標的に突っ込む——航行艦襲撃は回天搭乗員に極めて高い技能を要求した。

シミュレーションはこうだ。敵艦を発見後、回天は母艦である潜水艦から敵艦の方向と距離の情報を得て発進する。途中で一旦浮上し、特眼鏡で数秒間、敵艦を観測。この数秒間にすべての状況を把握し、次の行動を決定する。

「すべての状況」の項目は多岐に及ぶ。まず第一に敵艦の種類を判別する。空母か、戦艦か、重巡洋艦か、大型輸送船か。同時に艦の高さを知る。これは特眼鏡の分割目盛りで敵艦の見かけの高さを読み取る。次いで、読み取った目盛りの数値を換算式に当てはめ、敵艦との距離を知る。さらに敵艦の航行速度を、艦首や艦尾にできる波の形で推測する。そして最後に、敵艦と自分の回天との方位角、つまり、敵艦と回天がどういう角度で向かい合っているかを特眼鏡で見て判断する。これらすべての情報をもとに一つの結論を導き出す。「射角《しやかく》」の決定だ。回天が敵艦にぶつかるように、最終的な突撃の方向を定めるということだ。

射角を決めたら、速力三十ノット、深度四メートルを維持してひたすら突っ込む。敵艦は動いているが、こちらは動いたその先を読んで射角を決定しているわけだから、観測と計算に間違いがなければ、数分後、回天と敵艦の二つの線は交わる。

だが観測と計算に一つでも誤りがあれば、襲撃は空振りに終わる。どれも疎《おろそ》かにできないが、敵艦の速度判定とともに難しいのは、敵艦と自分の回天との方位角を瞬時に、しかも正確に知ることだった。この観測の精度を上げるには「数多く観ること」以外に方法がなかった。隊員たちは海上だけでなく、陸の上でもこの訓練に励んだ。敵艦の模型を造り、様々な角度にして置く。それを手製の特眼鏡で観察し、即座に方位角を答える。

「右七十度、距離三千五百！」

「左四十五度、距離二千！」

雨天体育場には、夜遅くまで隊員の声が響いた。

並木もその中にいた。沖田や佐久間とともに声を張り上げ、空母や戦艦、重巡洋艦、大型輸送船の見かけの角度を脳に叩き込んでいた。

回天の操縦技術も格段に上達し、応用訓練の最終段階である夜間操縦観測法の課程もなんなくパスした。初搭乗で回天を破損させたにもかかわらず、今や並木は、熟練搭乗員の一人となっていた。研究会でも並木は堂々と自分の訓練結果を発表し、剣崎一派でさえ付け入る隙がなかった。もう誰もが、並木を「護国の鬼」と化した、いっぱしの特攻隊員だと認めていた。

だから沖田さえ知らなかった。

搭乗訓練に向かう並木の懐に、寄せ書きのボールと三枚の写真がそっと抱かれていることを。

そして今も毎夜、カイテンの安眠が破られていることを。

それは、もはや並木自身でさえ明確に意識できない、生きることへの執着だった。

28

昭和二十年三月一日。

並木の所属する海軍第一特別基地隊第四部隊、通称「光基地」は、「第二特攻戦隊光突撃隊」と勇ましく名を変えた。同時に「平生突撃隊」が発足。本土決戦の声が高まるなか、回天特攻隊は、瀬戸内海に面した光、大津島、平生の三つの基地で国防の任にあたることになった。

それから間もなくだった。並木と佐久間は馬場大尉に呼ばれた。

出撃――そう直感した。

二人で入室すると、馬場大尉は執務机で腕組みをしていた。

「いよいよ次回、行ってもらう」

いつになく静かな声だった。

「出撃はいつになりますか」

並木は自分の冷静な声を聞いていた。

「今月下旬だ」

「攻撃目標はどこでしょうか」

「サイパンに補給にくる大型油槽船《ゆそうせん》を狙う。無論、空母や戦艦に出くわせればそれに越したことはないが」

空母や戦艦を沈めるなど、もはや夢物語だった。太平洋の制海権は完全に米軍に奪われていたし、万一、出会えたとしても、護衛の駆逐艦が多数いて近づけない。詰まるところ、敵の軍事物資の補給を滞《とどこお》らせることが、回天戦の主たる作戦となっていた。

「隊の編成はどうなりますか」

並木が質問すると、馬場は紙を手にした。

「六人だ。君ら二人と下士官搭乗員が三人。桜井、赤城、山根だ。隊長は北中尉が務める」

並木の瞳が微かに揺れた。

――北が隊長……。

いや、なんとなく予感があった。隊長は自分が連れていく隊員の人選にある程度意見を言える。決死の覚悟を共有できる仲間意識と、隊員相互の和を重んじてのことだ。

北はきっと自分を選ぶ。そんな気がしていた。おそらく仲間意識や隊の和とは別の理由で。

「今後は大抵のことは目をつぶる。心おきなく飲んで食って、英気を養え」

馬場の顔には、死んでゆく者への哀れみと後ろめたさが入り混じっていた。

「ありがとうございます」

並木は一礼した。馬場に対する恨みつらみが嘘のように消えていた。

「他に質問はあるか」

「ありません」

異存はなかった。隊長はともかく、一緒に行く下士官搭乗員三人は、みな血気盛んで気のいい若者だ。出撃を熱望している沖田は、同じころ出撃する別の隊に組み込まれたということだった。

「では下がってよし」

馬場は立ち上がって言った。

「休暇をとって帰省するがいい。ただし、回天のことは口外するな。今生の別れを、それとなく匂わすだけにしておけ」


大尉の部屋を出た。

靴を鳴らして廊下を歩き、部屋へ戻った。戻ってみて、佐久間が押し黙っているのに気付いた。行きも帰りも、大尉の前でも。

今は部屋の隅でこちらに背中を向けている。案外気の小さい男だから、出撃を言い渡されて萎縮したか。一声かけようと近寄ってみると、佐久間は例の赤い手鏡を覗き込み、伸び始めた髭を盛んに撫でつけていた。

拍子抜けした。

並木は足を戻し、畳に転がった。することもなく、時間が過ぎていった。本当に何もすることがない。後はそう、死ぬだけだ――。

夕食の放送が流れた。だが一向に腹が減らない。佐久間も腰を上げない。いつもなら誰よりも早く食堂へ駆け込む佐久間が。

結局、二人して夕飯を抜いた。

それから三時間もして、もう寝てしまおうかと思った時だった。佐久間が突然口をきいた。

「並木――がんばろうな」

並木はぎょっとした。

一体その声は、誰がどこから発したものだったのだろう。か細く、か弱く、いじめっ子に人形を取り上げられた幼い少女のような声だった。

凍りついていた感情が、じわっと溶け出した。

後は死ぬだけだ――。

体が硬直した。手も足も、すべての筋肉が張り詰めた。初めて回天を見た時と同じだった。体も心も怯えていた。

今さら……。並木は狼狽した。

死は、もうずっと以前に宣告されていた。だが訓練に励み、心底打ち込み、その死を引き寄せたのは自分自身だった。どうしてそんなことができたのか。

佐久間はそれきり口を開かなかった。五時間も六時間もかけて、やっと言えたひと言だったたに違いなかった。恐いと言ったのではない。死にたくないと言ったのでもなかった。佐久間は「がんばろうな」と言った。

そう言うしかなかったのだ。

並木も佐久間も回天隊という紛れもない現実の中にいる。恐い、とひと言漏らしたら終わりなのだ。死にたくないと人に縋ったら、もうこの現実の中にいられなくなってしまうのだ。たとえ、この地球上にどれほど自由で愉快で希望に溢れた世界があるのだとしても、たった今、ここに回天隊は存在し、並木も佐久間もその只中にいる。男なら喜んで死ねという世界で、寝起きし、飯を食い、息をしている。

我慢比べをしているだけではないのか。誰もが死にたくなくて、なのに、死にたい、死んでやる、と虚勢を張っている。そうではないのか。

だが、そうだとは決して言ってはならない現実がここにある。その現実の中で今日、選ばれた人間となった。父も母も知らない。美奈子も知らない。誰も知らない世界で選ばれた人間となり、ひとり死んでいくことが決まった。

並木はベッドに入った。黒い天井を見つめた。

出撃のことは誰にも話してはならない。

帰郷は気が重かった。

29

汽車は一路、東京へ向かっていた。

「沖田はおふくろさんを亡くしているんだよな」

「ええ、でも親友のお母さんが、本当のおふくろみたいに良くしてくれるんです。それに姉も二人いますし」

「そうか、会うのが楽しみだろ」

「嬉しくて嬉しくて、もうこのノロマな列車から飛び降りちゃいたいくらいですよ」

「ハハハッ、じゃあ走っていくか」

「せっかく三日もらったのに、こいつの中で二晩も寝るんですよ。あ〜あ、もったいねえ！」

帰省は、やはり出撃の決まった沖田と一緒の列車にした。二人のトランクには、酒や煙草やキャラメルがぎっしり詰まっている。家族への土産にと隊の仲間が掻き集めてくれたものだ。

沖田は初めて遠足に出かける子供のようにウキウキしている。その無邪気な明るさは、いつものように並木の心を洗った。散々迷った帰省が、沖田の話を聞いているうちに、なんだかとても愉快なことに思えてきたから不思議だ。いや、並木にしたって嬉しくないはずがなかった。一年四ヵ月ぶりに家族の顔を見られるのだから。

父と母、幸代、トシ坊。そして……。

美奈子の顔が浮かんだ。

胸に熱を感じた。その熱は微かな痛みを伴っていた。

列車は夜を徹して走った。東京駅に着いたのは、明くる日の午後だった。

「くそっ、ひでえな……」

それが沖田の第一声だった。

東京は焼けていた。連日の空襲で見渡す限り焼け爛《ただ》れていた。至る所に瓦礫《がれき》の山がある。炭のようになった家の柱が虚しく宙を突いている。一週間ほど前に大規模な空襲があったことは基地で耳にしていた。その名残か、吹く風に焦げ臭さが混じっていた。

沖田は拳を握っていた。

「少尉、やりましょうね。この敵《かたき》は絶対とってやりましょう」

「ああ、やろう」

並木は唇を嚙んで頷いた。

閉鎖された隊の中で自分の死だけを見つめてきた。だが、この無残に破壊された東京はどうだ。ここにも数えきれない死があるではないか。それは、今日にも父や母や兄弟に訪れる死かもしれない。美奈子に襲いかかる死なのかもしれないのだ。

――もう誰も殺させやしない。

心に煮え滾《たぎ》るものがあった。

明日また東京駅で落ち合う約束をして沖田と別れた。

並木はしばらく街中を歩いた。敵がつけた爪痕を、我が目と脳に刻みつけておこうと思った。ボレロにも行ってみようと考えていた。家族の無事は知っていたが、喫茶ボレロはどうなっているか。マスターは……。

けたたましいサイレンが鳴り響いた。

「空襲警報！　空襲警報！」

叫び声とともに周囲は騒然とした。国民服の男たち、モンペ姿の女たち、防空頭巾を被った子供たちも一斉に駆け出した。街路樹は引き抜かれ、代わりに防空壕が掘られている。みんなそこを目指して走っていく。並木も釣られて走りだした。壕の入口で足を止め、避難誘導を手伝った。道路の向こうに杖をついた老婆を見つけた。駆け寄り、その老婆の手を引いて自分も壕に入った。

ひんやりとした空気が頰を撫でた。中は思いがけず広かったが、逃げ込んだ大勢の人たちで立錐の余地もない。薄暗い。揺れる裸電球に土壁の窪みが陰影をつくる。みんな無言だ。じっとしている。疲れたような顔ばかりだ。虚ろな目が並んでいる。その多くが並木に向けられていた。何年か前なら、誰もが目を輝かせて見つめた海軍士官の制服だった。だが、今は違う。

なぜ軍人がこんなところで隠れている？

なぜ敵にやらせ放題やらせている？

居たたまれなくなって、並木は防空壕を出た。

途端、遠雷のような音が耳に飛び込んできた。遥か遠くの上空に機影が見えた。一筋、二筋、黒い煙が空に向かって立ち上っている。また、どこかの街がやられている。誰かにとって、かけがえのない誰かが殺されている。

並木は踵を返した。


喫茶ボレロのドアには「営業中」の看板がぶら下がっていた。

並木は半信半疑でドアを押した。途端、隙間から赤いベストが覗いた。

「やあ、並木君」

マスターは懐かしそうに目を細めて並木を見つめた。

「お久しぶりです。休暇で戻りました」

「それは良かった。しかしまた随分と痩せたね」

「絞られてますから」

言いながら笑みがこぼれた。

東京に戻って初めて顔が緩んだ気がした。ボレロはそういう場所なのだと改めて思う。

店はあの日、美奈子と会った時のままだった。マスターのいでたちも、舞姫のスケッチも、調理場の壁にかかった並木のエプロンも……。ただもうジャパニーズコーヒーはなかった。大豆も入手がままならず、だから出されたのは塩けのきいた白湯だった。それでもなんだか嬉しかった。

「ここは変わりませんね」

「客はほぼゼロだけどね」

確かに並木の他には誰もいない。

「それでも閉めないんですか」

「やってるといいこともあるのさ。今日みたいにね」

マスターはくしゃっとウインクをしてみせた。

「そう言ってもらえると、寄った甲斐があったなぁ」

並木は照れて言い、みんなの情報を聞こうと身を乗り出した。と、カウンターの上にあった読みかけの『文學界』が目に止まった。粗末な学生服姿と二重写しになる。

「そういえばマスター、俺、北と会いましたよ」

「へえ、どこで？」

「あ、えーと、西のほうです」

マスターは頷いた。それ以上は聞きそうで聞かない。

「びっくりしましたよ。まさか軍隊で一緒になるとは思わなかったから」

「彼、元気かい？」

「ええ、元気ですよ。けど相変わらずですね」

並木は苦笑した。ボレロで話をしていると、回天隊の鬼中尉もただの皮肉っぽい苦学生に戻ってしまう。

「言うことがキツイんですよ。前触れもなくズバッとくるから」

「そうね」

マスターはふっと宙を見つめ、その目を並木に戻した。

「ひょっとすると北君は、並木君にとってトリックスターかもしれないね」

並木は首を傾げた。

「トリックスターって？」

「ああ、破壊と創造を繰り返す気分屋さんのことさ。よく民話なんかに悪戯坊主みたいな役で出てくるんだ」

「ふーん、よくわからないけど……、なんで北が？」

「人間の心の中には、もう一人の自分が住んでいるって考えるんだ」

マスターは不思議な話を始めた。もう一人の自分は、普段は表に出てこない影の存在だという。ところが表の自分が困難にぶつかって追い詰められたりすると、ひょっこりもうひとりの自分が顔を出す。夢に現れたりして、表の自分の心を掻き乱す——。

「要するに、トリックスターは影さ。その影は、もう一人の自分ってこと」

並木は腑に落ちた気がした。

投げられるのに投げないのか。あの台詞はまさしくそうだった。

それだけではない。

魔球は完成したのか——。自棄になっているのは貴様のほうじゃないのか——。操縦が上達した順に出撃していく——。

どの台詞もそうだ。並木の中のもう一人の自分が、表の自分に対して発した言葉に思えてくる。ずっと気になる存在だった。北に自分の影を見ていたからなのか。

その北と一緒に出撃する。死への旅に出る。そこで今度はいったい自分の中の何を見ることになるのだろう。

楽しい想像ではなかった。並木は北の顔を強引に遠ざけた。

「それよりマスター、みんなの情報、何か入ってます？」

聞かれなければ言わないつもりだったのかもしれない。マスターは逡巡の表情を見せてから口を開いた。

「小畑君が戦死したよ」

並木はきょとんとした。

「小畑が……えっ？」

「そう、死んだんだ」

並木は目を見開いた。

「小畑君、ルソン島へ向かう船に乗ってたんだそうだ」

その輸送艦はルソン島の近くで米軍の魚雷を三発食らって浸水し、総員退艦の命令が出たのだという。大多数の乗員は助かったが、小畑は海に呑まれて溺死した――。

情景が目に見えるようだった。

小畑は慌てたのだ。退艦の命令が出たが、救命具が見つからなかった。あたふたするうち海兵団の教官の台詞を思い出した。収納したハンモックには浮力がある。救命具にも使える。小畑は夢中でハンモックを抱き、海に飛び込んだ。だがハンモックのロープの締めつけが緩かった。いつものように毛布がはみ出ていた。その毛布が海水を吸って沈んだ。五十メートル以内にいたら、沈没する船の渦に巻き込まれる。海底に引き摺り込まれる。深く、暗く、冷たい海の底へ――。

小畑だって士官だ。ハンモックの収納は従兵がしていたろう。だが、小畑は自分で収納した。毛布のはみ出たハンモックと運命をともにした。並木にはそう思えてならなかった。

並木は席を立った。

「俺、行きます。長いことお世話になりました」

マスターが静かに言った。

「小畑君は、並木君の魔球が完成するのを楽しみにしていたね」

並木は俯いた。

「いえ……魔球のことは、本当のところ誰も信じていなかったと思います」

「そうかもしれない。でも、小畑君もみんなも並木君の夢を祝福していた」

「…………」

「違うかい？」

「…………」

「僕はね、スペインへ逃げようと思ってる。一度捨ててもいいと思うんだ、今の日本という国は」

マスターは特攻を見抜いていたのかもしれない。知っていて言ったのかもしれない。祖国を裏切ってでも死ぬな。並木にはそう聞こえた。


それからどこをどう歩いたのかわからない。

陽が傾いていた。並木は二つ分の駅を歩いて一球荘の前にいた。

玄関を上がった。誰もいない。静まり返っている。薄暗い廊下を歩く。ギッ、ギッと床が軋《きし》む。

《7号室　小畑聡》

小畑は特攻を志願しなかった。僕は卑怯者だと自分を責めた。一番心を許していた並木とも笑顔で別れることができなかった。並木すまない、並木ごめんよ……。そう呻いて泣き伏した小畑が先に死んだ。特攻に志願した並木が、生きてその報せを聞いた。運命の皮肉としか言いようがなかった。

並木はドアノブを回した。

黴臭い匂いがした。本が散らばっている。『キネマ旬報』『スタア』『新映画』『スコアブックのつけ方』『職業野球人列伝』『大学野球リーグ名鑑』……。

並木は舌打ちした。

「映画と野球ばっかりじゃないか。勉強の本はまた質屋かよ」

カーテンを勢いよく開き、部屋の中を見回した。

机の上に壮行試合の写真が飾ってある。手に取り、吹く息で埃を払った。小畑は少し照れたような顔だ。

「なんせ隣は美人のホステスさんだもんな」

自然に笑みが漏れた。

——お前、初めてだろう、ポジション争いに勝ったのって。

ロイド眼鏡を見つけた。

「へえ、知らなかったな。スペア持ってたんだ」

取り上げてみると、眼鏡は蔓《つる》の部分がひどく歪んでいた。

――ひょっとしてあの時か？　ボレロで剛原に叩かれたことがあったよな。やめときゃいいのに、一席ぶったりするから。

棚の上の段に、グラブが大切そうに収めてあった。真新しいグラブだ。

並木は指を鳴らした。

「これこれ」

大学に入る時、父親に買ってもらったと言っていた自慢のグラブだ。

「けどお前、一度も使ったことなかったよな」

毎日のようにワックスを塗って磨いていた。そんなに塗ったらグニャグニャになっちまうぞって言ってるのに、平気平気と笑って、毎日馬鹿みたいに磨いていた。本当に馬鹿みたいに……。

小畑……。

グラブに涙が落ちた。

――馬鹿野郎……。どうして死んじまったんだ……。どうしてだよ……。

並木は泣いた。生まれて初めて、声を上げて泣いた。

30

「兄さんよ！　浩二兄さんが帰ってきた！」

幸代が大騒ぎするものだから、母やトシ坊、挙句は父まで出てきて玄関での歓迎となった。

「休暇で戻りました」

並木は笑顔で言った。父も母もにこやかに迎えてくれた。トシ坊はぐんと背が伸びた。その目は、海軍の第一種軍装と銀色の桜が光る少尉の襟章に釘付けだ。

「さあて大変」

サンダルをつっかけ飛び出そうとする幸代の腕を、間一髪掴んだ。

「待てよ、サチ。どこ行くんだ？」

「どこって、決まってるじゃない」

すぐ上がると母に言い、並木は幸代の腕を引いて裏庭に回った。

「よせ」

幸代は丸い目で並木の顔を覗き込んだ。

「どうして？　帰るの知らせてないんでしょ？」

「ん……」

「だったらあ」

幸代は焦れったそうに言って腕を振りほどき、だが、並木の横顔を見つめて顔を曇らせた。

「美奈ちゃんとどうかしたの？」

「いや。どうもしない。ただ今日は会いたくないんだ」

「どうして！　悲しむよ美奈ちゃん。この前会った時だって言ってたんだから。手紙の返事がこないって」

「……」

「兄さん」

幸代は溜め息をついた。

「わかった。呼びにいかない。でも兄さん、明日にでも会いに行ってあげてよね。必ずだよ」

並木は曖昧に頷いた。

美奈子には会わないと決めていた。会いたいが会えないと思う。会って何を話せばいい。回天のことは言えない。まもなく死ぬのだなどと口が裂けても言えない。だとすれば何を話す？　回天抜きの軍隊の話か。二人の将来についてか。そんなものは存在しないのだ。

道化を演じて笑わすだけ笑わせてこようかとも思う。だが却って残酷ではないのか。後でそれが最後の別れだったと美奈子が知った時、心に深い傷を負ってしまうのではないか。

そっと消えたほうがいい。そのほうがいいに決まっている。それに胸には小畑がいる。もう小畑は話をすることもできない。笑うことだってできやしない。なのに自分は美奈子と会う。話し、笑い、恋に胸をときめかす。そんなことはできない。結論はもうはっきり出ていた。

その夜、並木家は久しぶりに笑い声が重なった。

父はご機嫌だった。日頃の厳格さはどこへやら、土産のウイスキーをちびりちびりとやりながら、赤い顔から鼻歌や都々逸《どどいつ》まで飛び出した。母はどこでどう工面してきたのか、米の飯をたくさん炊いて、並木がもう食えないと言うのに、海軍士官が食べられないはずがない、さあもう一杯、と何度も茶碗をさらった。

幸代は日舞だかバレエだかわからない妙な踊りをひょうきんに舞ってみせた。長兄の部屋からくすねた蓄音機は壊してしまい、だから自分で調子っぱずれの曲を口ずさみながら踊った。トシ坊はキャラメルを幾つも頬張りながら、軍隊の話ばかりせがむので、ほとほと参った。美奈子を送ると言った並木を憲兵まがいの目で睨んだことがあったが、海軍士官の兄は、またトシ坊の憧れの兄に戻ったらしかった。

みんな嬉しそうだ。みんな笑っている。並木も微笑んでいた。

出撃隊員を送る会で彼らが見せた、あの微笑みに近かったかもしれない。

——小畑、待ってろよ。俺もすぐに行くからな。

笑みを浮かべながら、並木は繰り返し心の中で言っていた。

布団に入ったのは午前零時近かった。

懐かしいはずの部屋と寝具に違和感があった。様々な思いが、一緒くたになって頭の中を巡っていた。

死にたくない。

家族と別れたくない。

美奈子と会いたい。もう一度だけ会って話がしたい。

どうせ死ぬんだ、どうにでもなれ。

敵を道連れに見事に死んでやる。

死など大したことではない。東京を焼け野原にした仕返しをしてやる。

小畑の仇をとってやる。敵艦を轟沈して、米兵に小畑と同じ苦しみを味わわせてやる。

早く小畑のところへ行ってやろう。よく頑張ったと肩を叩いてやろう。

家族を守るために死のう。美奈子を守るために死のう。

祖国のために死ぬのなら本望だ。

どれも真実だった。どれ一つとっても偽らざる並木の本心だった。

だが、そのどれにも心が固まらない。死を約束されるとはそういうことかと思い知る。心が驚くほど高ぶったかと思うと、瞬く間に風船が萎むようにしょんぼりしたりする。声を立てて笑い、だがすぐに大粒の涙が溢れる。時として、誰にも負けない勇ましい特攻隊員だったり、一人ぼっちの孤独な青年だったりする。常に生と死の間を心が揺れ動き、確かなものがない。

いや、いま生きているのだという実感だけはある。約束された死によって、生は鮮やかに彩られ、限られた時間を生きているのだという確かな実感がある。

そして、その限られた時間は、今こうしている間にも確実に少なくなっている。

並木は布団を抜け出した。

箪笥の引き出しを開いた。古いユニフォームがあった。

着替えて廊下に出た。家族を起こさないように忍び足で歩き、勝手口から戸外に出た。月明かりを頼りに線路沿いの道を走った。A大野球部のグラウンドを目指した。一球荘に寄り、小畑のグラブを借りた。

並木はマウンドに上がった。

小畑君もみんなも、並木君の夢を祝福していた。違うかい？

優しい言葉が耳に残っていた。

そう思いたい。残り僅かな時間の中で魔球を完成させたい。どこにいるかわからないみんなに向かって心の声を飛ばしたい。

やったぞ、と。

きっとできる。並木は自分に向かって言った。

ボールを親指と人差し指の間に挟み込み、サイドスローから押し出すようにして放つと、ボールは緩やかな回転をしながら左にスライドすることが多い。カーブのように「曲がる」のではなく、ボールがふらふらと頼りなく「揺れる」感じだ。ボールを地球に見立てるなら、その赤道の少し下辺りをしっかり握って投げると揺れが大きい。そして大きく揺れたボールが、あたかも第二の動きに移るかのように微妙なブレを見せることもあった。

錯覚かもしれない。並木の願望がそう見せるのかもしれなかった。だが並木はその投げ方に賭《か》けていた。必ず第二の変化が起こると信じて投げ続けていた。ボールがすっぽ抜けないように赤道の下を握るのは難しいが、海軍のカッター訓練は伊達ではなかった。親指と人差し指に負担をかけてオールを漕ぎまくったりしたものだから、その締めつける力は恐ろしく強くなった。だから、ほぼ完璧な形で赤道の下を握れる。

後はそう、数を投げるだけだ。

並木は深呼吸をして、おもむろに振りかぶった。

五球……。十球……。十五球……。

手入れの行き届いた小畑のグラブは、使い心地が良かった。

ふと思った。

敵艦にも、小畑のようないい奴が乗っていたりするのだろうか。


午前五時半――。

並木には、母や幸代が起きだす前にやっておかねばならないことがあった。

布団を片付け、身仕度を整えると、並木は畳に正座して時を待った。しばらくして廊下に静かな足音がした。父は誰よりも朝が早い。朝食までの時間、読書や書き物をする。

並木は立ち上がり、父の書斎に向かった。

襖を開くと、肩幅の狭い小さな背中があった。昔はもっと大きかったように思う。

その背中に向かって、並木は膝を揃えた。

父が振り向いた。その表情にゆうべ見せた柔らかさはない。馴染み深い教職者の父の顔だ。

「こんな早くにどうした?」

並木は父の手に目をやった。

「父さん、それと換えてください」

出征の際、父に貰った銀製の懐中時計を畳に押し出した。父の手首には安物の時計バンドが一周している。

幼い頃、迷った時や困った時には父の目を探ったものだった。だが今、その父が並木の目を探っている。

長い間があった。鳥のさえずりが書斎を包んでいた。

父はすべてを察したようだった。

「ゆくのか？」

「はい」

「いつだ」

「近いうちに」

父は懐中時計を押し戻した。

「これはいい。持って行きなさい」

声が湿り気を帯びた。

「母さんには黙っていろ。あとで私から話しておく」

「はい」

父の後ろに、数えきれないほどの本がある。その背表紙が並木を見つめている。それは子供たちが無人島で大活躍する話だったり、人と動物の触れ合いを温かく綴った話だったり、人間の大きさやちっぽけさを教えてくれる話だったりした。

大いに読めよと勧めてくれたその父が、自由と自立の尊さを説いてくれたあの父が、いま国民学校の校長として、国のために死ぬがよし、と教えている。いったいどんな気持ちで——。

並木は腰を上げた。

父が見上げた。何かを言いかけ、だが、言葉にはしなかった。


出発の時間がきた。

ここでいいから、と並木は玄関で振り返った。

「そんなぁ、兄さん。駅まで送るわよ」

「空襲警報でもかかったらどうする。本当にここでいいよ」

父は黙って頷いた。母も察しているのかもしれなかった。息子の顔からいっときも目を離さず、その瞳を、口元を、鼻や耳の形を瞼《まぶた》に焼きつけているかのようだった。

だが、母は――軍国の母は、最後まで涙を見せずにいた。

「浩二さん、体に気をつけてね。お国のためにしっかり頑張るんですよ」

わっと、その懐に飛び込んでしまいたかった。昔のように、その安全な懐に隠れてしまいたかった。だが――。

もう子供ではない。今度は自分がその母を守るのだ。

「父さん、母さん、お元気で。幸代、トシ坊、わがままを言っちゃぁだめだぞ」

もう会えない。今生の別れ――。

と、一歩前に歩み出たトシ坊が、軍人とも見間違う見事な挙手の礼をした。

「兄さん。お国のために立派に死んできてください！」

息が止まった。

並木は父の顔を見なかった。母の顔も見られなかった。トシ坊に答礼を返し、「行って参ります」と短く言って足早に家を出た。

父と母がどんな顔をしていたのか。そして自分はいったいどんな顔をしていたのか。並木は後々まで気になった。

東京駅のホームは人でごった返していた。

列車の中ほどの窓から沖田の笑顔が覗いていた。ホームに若い女性が二人いて、沖田に盛んに話しかけている。あれが姉さんたちだな、と並木は微笑んだ。色々なことがあった。ありすぎた。だがともかく、帰りも沖田と一緒だ。沖田とだったら回天隊という現実に戻れそうな気がする。

同じ車両に乗り込むと、姉さんたちの声が聞こえてきた。

「寛之、元気で頑張るのよ」

「また飛行機の話きかせてね」

ああ、そうなのか。沖田は飛行機に乗っていることになっている――。

「向こうに着いたら手紙を書くのよ」

沖田の返事がない。並木は足を止めた。

「どうしたの？　変な顔して。ちゃんと手紙書いてね。みんな楽しみにしてるんだから」

「うん、でも俺、またすぐに帰ってくるから」

明るい声だった。

並木は胸が詰まった。踵を返し、そのまま列車を降りて別の車両へ向かった。

沖田を一人で泣かせてやろうと思った。

俺、またすぐに帰ってくるから――。沖田はどんな気持ちで言ったろう。

そう、すぐに帰るのだ。沖田の遺髪と遺書と遺品が……。姉さんたちはどれほど嘆くだろう。

並木は座席をとって、窓を開けた。

深い息を吐いた。やはり美奈子に会わなくてよかったと思った。嘘を連ねずに済んだ。卑怯かもしれないが、これでよかった……。これで……。でも……。

その微かな未練が空を翔《か》けたのか。それとも夢か。並木は我が目を疑った。

美奈子がいた。ホームにいた。走っている。一つ一つ車両の窓を覗き込みながら、美奈子が転げるように走っている。

「美奈子――」

思わず名前を呼んでいた。並木は窓から大きく身を乗り出した。目が合った。美奈子は驚くべき速さで駆け寄ってきて、並木の首に抱きついた。

「……ひどい！」

肩で息をしている。喘《あえ》ぎながら言う。

「どうして……？　ねえどうして黙って行ってしまうの？」

並木は答えに窮した。

「もう背中を追いかけるのは嫌なの。こうしていたいの。ずっとこうしていたいのに……」

美奈子は並木の胸に顔を埋めた。

「どこにいるの？　ねえ、何をしてるの？　教えて。お願いだから」

嘘をつくのは嫌だった。しかし、だからといって——。

「ごめん。言えないんだ……」

美奈子はハッとして顔を上げた。

「もしかしてそう？　そうなの？　新聞に毎日出てるの。神風特攻隊のこと……」

「違うよ」

「ホントに？」

「ホントだって」

美奈子は真っ直ぐに並木を見た。

「浩二さん、何か隠してる。別のこと考えてる。私わかるの。昔、おぶってもらった時もそうだったもの。家に送ってもらった時だって……。私、ちゃんとわかるんだから……」

美奈子の大きな瞳が潤んだ。

「軍のことは秘密なんだ。けど、大したことをしてるわけじゃない」

早口で言った。だが、美奈子は頷かない。

「船に乗ってるの？」

「いや……潜ったりとかしてるんだ」

列車がゴトンと揺れた。笛が鳴っている。

「海に？」

「ああ、うん……」

「危なくないの？」

「全然」

列車がゆっくり動き始めた。美奈子は並木の手を握り締めて歩きだした。

少し安心したのかもしれない。美奈子は涙を拭いながら照れ臭そうに笑った。

「私もうてっきり神風特攻隊だと思って……。二度と会えないのかと思って……。サッちゃんが知らせてくれたんで飛んできたんだから」

「ごめん」

美奈子は小走りになった。

「浩二さん、こんどはいつ帰れるの？」

答えを用意していなかった。

「ねえ、いつ？」

汽車よ速く走れ、頼むからもっと速く走ってくれ。並木は心の中で叫んでいた。

「約束して。今度帰るときは必ず知らせるって」

美奈子は懸命に走りながら言った。

並木は胸が張り裂けそうだった。繋いだ手は、もう今にも離れそうだ。

「俺……俺は……美奈ちゃんが好きだよ。だけどもう……」

後の言葉を汽笛が掻き消した。

美奈子の白い指がすっと離れた。笑顔で遠ざかる美奈子の口が大きく動いた。私も大好き。そう動いたように見えた。

列車は揺れた。車窓が流れる。

並木には、手触りだけが残された。あかぎれでささくれた美奈子の手……。その微かな感触を頬に当て歯を食いしばった。

それでも嗚咽が唇を割った。

帰るんじゃなかった。こんなことなら帰るんじゃなかった……。

並木は向かいの席に座り直した。

二度と帰れぬ故郷に背を向け忍び泣いた。

31

明日はいよいよ出撃という夜、北が並木を海辺に誘った。

「故郷はどうだった？」

「どうってことない」

「全部捨ててきたか」

「ああ」

「さっぱりしたか」

「さあな。そんな気もする」

正直なところ、並木は回天隊に戻って気持ちが落ち着いた。故郷では自分だけが異質だった。約束された死が際立つばかりで身の置き所がなかった。だがここは違う。みんながみんな明日にも死んでやるという世界だ。死は特別なことでもなんでもない。並木にとって心の平静を保てる場所は、もうここより他にないのかもしれなかった。

北は伸ばし放題伸ばした髪を海風に靡《なび》かせていた。長髪は特攻隊員の特権だ。

「捨てるものがあるやつはいい」

「お前にはないのか」

「ない。気楽なもんだ」

「そうだな。お前はオリンピックもさっさと諦めた」

「貴様と同じだ」

「そうかな」

訝しげに北が横を向いた。並木の手にボールが握られていた。

「まだそんなものを……」

「あと少しでできそうな気がする」

「魔球か？　フッ、だから学生あがりは娑婆っけが抜けねえと殴られる」

「何もしないで、皮肉だけ言いながら死んでいくよりはましだ」

北が目を剝いた。

「貴様、わかってるのか？　明日の朝は出撃なんだぞ」

「心配するな。見事に死んでやる。けどな、朝までの時間は俺のものだ。自由に使わせてもらう。いいな隊長？」

北の返答を待たずに、並木は海辺を後にした。

時間が惜しかった。たとえ北が並木のトリックスターなのだとしても、今こそ並木は自分の表の心に従おうと思う。死への恐怖が消えることはない。それはもうべったりと心にへばりついて、染みのようになってしまっている。だが、ただ嘆き悲しみ、自らの運命を呪いながら死の瞬間を待つのは嫌だ。残り僅かであっても、その生の時間を燃焼し尽くしたい。並木の足取りは、自分でも驚くほど軽かった。

兵舎裏へ回ると、壁際に沖田がしゃがみ込んでいた。カイテン相手に何かぶつぶつ言っている。

「眠れないのか」

「あ、少尉……」

帰省から戻った沖田には、悲しい出来事が重なった。予科練時代からの友人と、沖田をことのほか可愛がっていてくれた分隊士が、訓練中の事故で相次いで死んだ。二人とも沖田と同じ潜水艦で出撃するはずだった。それだけに沖田の落ち込みようは激しかった。

訓練中の事故は回天の宿命と言えた。元々が魚雷を無理やり膨らませて造った代物だし、研究開発期間などと呼べる時間もほとんどなかった。搭乗訓練に使いつつ、それと並行して機械の精度を高めていく。要は、搭乗訓練がそのまま回天のテスト運転という自転車操業的な状態だったのだ。沖田の仲間を死なせた排気ガスの逆流に限らず、筒内のガスもれはしょっちゅうあった。「射点沈没」といって、深度機の故障により発進と同時に海底へ真っ逆さまに突っ込むこともしばしばだ。他にも燃料に点火しない「冷走《れいそう》」や、ピストンのシリンダーが破壊される「気筒爆破」など、故障原因や不具合を数えればきりがなかった。

訓練ならまだいい。だが実戦だったらどうするのか。危険を冒して敵艦に近づき、そこで故障だなどということになったら全ては水の泡だ。出撃の際は、一基の回天につき一人の専属整備員が潜水艦に乗り込むが、そもそも回天という兵器の完成度が低いのだから、整備員の努力にも限界があった。

沖田も以前のように、回天、回天とあまり口にしなくなった。無理もない。敬愛していた隊長と気心の知れた友人を、その回天に奪われてしまったのだから。

「しょげるな沖田。二人の分まで頑張ればいい」

「ええ……」

隊長を失った沖田は別の隊に組みこまれ、出撃が少し遅れると聞いた。

「先に行ってるからな」

「俺もすぐに行きます。靖国《やすくに》神社の鳥居はくぐらずに待っていてください」

沖田らしい言葉だが、やはりどことなく元気がない。

「少尉、空母に出くわせるといいですね」

「いや、俺は油槽船だっていい」

「そんなぁ。命と引き換えにするんだから、やっぱり空母か戦艦でなきゃ」

「でもな——」

言いながら、並木は木箱に手をかけた。毎夜のことで、カイテンは並木の顔を見るなり渋々住処を明け渡す。

「でっかい油槽船なら、Ｂ29の何百機分もの燃料を沈められるんだぞ」

「そりゃあそうですけど……」

「それに、戦艦に比べりゃあ、乗ってる人間も少ないしな」

沖田は不満そうな顔を見せた。

「敵兵を殺したくないってことですか」

「お前は殺したいのか」

「敵艦に乗っている以上、討つまでです」

並木は小畑のグラブをはめ、振りかぶった。

ボッ、と球がめり込む。

「沖田」

「はい？」

「最近思うんだ」

「何をです？」

ボッ。

「俺たちがやってるのは、己の戦争なんじゃないか、ってな」

「己の戦争……？」

「俺はこの戦争が始まってから、敵兵も敵艦も一度も見たことがない」

「あ……」

「そりゃあそうだよな。回天の特攻隊員は敵艦を特眼鏡で見たときが死ぬ時だ」

ボッ。

「敵艦も見たことがないのに、けど俺たち、ずっと戦争してきたって気分だろ？」

「え、ええ……」

「だから己の戦争なんだよ。自分の心の中の戦争なんだ」

ボッ。

沖田は夜空に目をやった。

己の戦争……。自分の心の中の戦争……。

隊長と仲間が死ぬ前だったら聞き流してしまったろう。いや帰郷する前なら、そんな講釈を言ってどうなる、と腹を立てたに違いなかった。だが――。

今の沖田の胸には響く言葉だった。

回天特攻に志願して以来、熱に浮かされたような気分で毎日を過ごしてきた。特攻という悲壮な姿に男の生き方を重ね合わそうとしていた。だが隊長たちが死んでしまい、一人残されてみると、自分の本心が透けて見えることがある。

国のために死ぬことに迷いはない。自ら志願したのだ、回天特攻を死に場所にすることに悔いも恐れもない。ただ……。

自分は特攻という美名と功名心の虜《とりこ》になってはいなかったか。国家とか軍隊とかの見えざる巨大な意思に同調し、引きずられ、流されてきた。そうではないと言い切れるか。お仕着せの男の生きざまに飛びつき、そこから外れてしまうのが恐くて、生きていたいという本能を無理やり捻《ね》じ伏せ、封じ込めてきた。他の誰よりも勇敢たらんと虚勢を張ってきた――。

己の戦争……。そうかもしれない。

沖田はぐずるカイテンを抱き上げ、振り向いた。

ボッ。

明朝出撃だというのに、並木は無心でボールを投げていた。

32

出撃の朝は明けた。微風。快晴。

周防灘のさざ波は、桜の蕾《つぼみ》ほころぶ島々にきらきらと優しい光を投げかけていた。

並木は真新しい搭乗服に身を包み、白い手袋をはめ、搭乗靴を履いた。不思議と心は静かだった。心の中が真空状態になっている。そんな感覚だった。三枚の写真を胸に収め、寄せ書きのボールをポケットに捻じ込んだ。美奈子がくれた千人針は行李の中に残した。弾に当たらぬお守りは必要ない。自分自身がその弾なのだ。

部屋を出る時、誰かに呼ばれたような気がして振り返った。もう二度と見ることのない空っぽの部屋が、故郷の景色のように懐かしく感じられた。

兵舎を出て桟橋を見た。並木らの乗る六基の回天は、母艦である伊号潜水艦の甲板に特殊バンドで固定されていた。前甲板に二基、後甲板に四基。百メートルからある潜水艦の背に乗った回天は、大木にしがみつく蟬《せみ》のように見えた。

午前十一時。厳粛な雰囲気の中で出陣式が挙行された。

光基地の総員が見守る中、隊長の北、並木、佐久間。下士官搭乗員の桜井、赤城、山根。そして六名の搭乗整備員が前に進み出た。並木は軍帽を取り、整備長に四十五度の礼をした。整備長が並木の額に「七生報国《しちしょうほうこく》」と墨書された鉢巻を結ぶ。七たび生まれ変わって国のために尽くす。決死、決意の鉢巻である。

真空だった心に、濃密で張り詰めたものが吹き込まれていく。

別れの水盃《みずさかずき》を受け、第六艦隊司令長官から短刀を渡された。左手に握った短刀を目の高さに捧げ、出撃者全員が敬礼をする。司令長官は「成功を祈る」と発し、一人一人の目を見て答礼した。

儀式は終わった。途端に静けさが破られ、熱気迸《ほとばし》る凄まじい見送りの声が取って代わった。軍艦マーチがけたたましいまでに鳴り響き、激励の声が渦を巻く。並木ら出撃隊員は見送りの人垣の中をアーチを潜るように歩いて桟橋へ向かった。

「頑張れよ！」

「おう！」

「空母を頼んだぞ！」

「おうとも！」

「六万トン、ボカチンだ！」

「任せとけ！」

並木らがボートに乗り込み伊号潜水艦へ向かうと、見送る基地隊員は岸壁に鈴なりだ。「帽ふれ！」の合図で一斉に何百もの帽子が打ち振られる。潜水艦に「非理法権天」と書かれた幟《のぼり》がするすると上がった。非は理に勝たず、理は法に勝たず、法は権に勝たず、権は天に勝たず。最も強きもの、それは回天——。

岸壁、島、山、追い掛けてくるボート。すべて、人、人、人で埋め尽くされている。

並木は胸に熱いものを抱きながら、潜水艦の外ラッタルを駆け上った。厳粛な儀式は並木の心を死の決意に導いた。大勢の人々の見送りの声は闘争本能に火をつけた。男にとって最高の死に場所。よくそう口にしていた沖田の気持ちが今ならわかる。これほどまでに一人の人間の存在を、その死を、大きく見せてくれる門出が他にあるだろうか。

出港ラッパが海面に木霊《こだま》する。

「両舷前進微速、しずーかにー進みまーす」

潜水艦が動き出した。たくさんのボートが別れを惜しんでついてくる。その一つに沖田の紅潮した顔が覗いた。突き上げた手を盛んに振っている。

「並木少尉！　どうか良い戦果を！　俺もすぐ後からゆきまあす！」

「おう！　任せとけえ！　おまえの分は取っといてやる！」

並木も大声で叫んでいた。自分の乗る回天に跨《またが》り、早咲きの桜の小枝を千切れんばかりに振っていた。

やがて沖田の顔は小さくなり、見えなくなった。他の見送りの顔も姿も消え去った。もはや声も届いてこない。

海はまた静まり返った。

たった今まで胸にあった興奮が嘘のように冷え切っている。

いっときの幻だったのだろうか。

並木は甲板に立ち尽くした。他の搭乗員が艦内に下りていく。が、並木は動かなかった。

頬に風を感じていた。

身を切るような孤独感が襲ってきた。力の抜けた手を離れた桜の枝が、甲板の縁を滑って海に落ちた。

後方の波間に遠ざかっていくその枝を見つめた。

――最後は一人になるんだな……。

野球部の仲間と別れ、家族や美奈子と別れ、とうとう沖田や隊のみんなとも別れた。そして最後はたった一人回天に乗る。一人で死ぬ。

波は静かだった。

伊号潜水艦は浮上したまま進んでいた。新緑まばゆい周防灘の島々を置いてきぼりにして、四国と九州の間を抜ける豊後《ぶんご》水道《すいどう》に差し掛かった。

途端に、ぱあっと虹色の水平線が開けた。並木はその美しさに見とれた。

――ああ、きれいだなあ……。

美しい海。母なる海。だがそれは、二度と陸地を踏むことを許さない、出口のない海でもあった。

33

美奈子は新聞を手に家を出た。

神潮特別攻撃隊――。

記事にそうある。「神風」ではなく「神潮」。初めて耳にする特攻隊の名前だった。詳しいことは書かれていない。潜水艦に積まれた特殊な兵器が敵艦に特攻を加え、戦果を上げている。それだけしかわからない。だが、胸騒ぎがしてならなかった。

海に潜ったりしてるんだ――。

並木はそう言った。苦しそうにそう言った。

美奈子は歩いた。どこへ行けばいいのか。どこへ行こうとしているのか。並木はどこにいるかもわからない。本当にそうなのだろうか。特攻隊なのだろうか。違ってほしい。きっと違うに決まっている。だが確かめる術《すべ》はない。

一球荘――行ける場所はここしかなかった。

並木の部屋のドアを開けてみた。がらんとしている。窓際にぽつんと、ユニフォームを吊るしたハンガーが下がっている。美奈子が部屋に入ると、ゆらりと空気が動いて背番号「18」がこちらに向いた。

いつだってそうだ。並木の背に揺られた幼い日。中学生になった並木を遠く見つめたあの頃。優勝投手の背中を追った夏。ひとり外野へ走る並木の姿に心痛めたあの日。

――浩二さん、背中ばっかり……。

美奈子はユニフォームを手に取った。胸に抱き寄せ、陽光の透く背番号「18」に顔を埋《うず》めた。

34

並木らを乗せた伊号潜水艦は、浅い深度で潜航しながら沖縄を目指していた。

サイパンに向かう予定が沖縄に変更されたのは、米軍の沖縄上陸作戦が開始されたからだった。並木らに与えられた新たな作戦は単純明快だった。ウルシー島と沖縄を結ぶ敵の海上補給路で待ち伏せし、戦艦だろうが油槽船だろうが、ともかく発見した大型艦船を直ちに攻撃して撃沈する——。

本土では「国民総武装」の決定がなされ、女性も子供も竹槍で敵を突き刺す訓練を始めているという。「いざ本土決戦」のスローガンは、今や「一億玉砕」にエスカレートし、日本という国そのものが、生きるか死ぬかの瀬戸際に追い込まれていた。沖縄では既に血が流されている。それは戦う術を知らない島民を巻き込んだ凄惨な戦いだった。

伊号潜水艦は沖縄の東方海上に向かっていた。

並木はベッドに転がり、右耳に手を当てていた。艦内の気圧の加減で鼓膜に違和感がある。それでもトランプのカードを切る音は聞こえていた。

「戦闘海域まで三日ぐらいか」

並木がテーブルに声を掛けると、北は手元を見たまま「だろうな」と答えた。先ほどから一人ポーカーに興じている。

士官室には二人きりだった。

並木は上半身を起こした。佐久間が戻る前に話を済まそうと思った。

「なあ、北——」

「ん？」

「行く前に一つ聞かせろ」

「何をだ？」

「お前、なんで俺をメンバーに選んだんだ？」

北がカードを引いた。顔は上げない。

「選んだのは馬場大尉だ」

「だが、反対はしなかった」

「俺は軍人だ。言われたことには従うさ」

「なぜ軍人になった？」

北はカードの手を止めた。

「どういう意味だ？」

「陸での話の続きだ。海軍に志願した理由をまだ聞いてない」

北は鼻で笑って並木を見た。その目は笑っていなかった。

「いいだろう。どのみち貴様も俺も三日後には死ぬんだ。話してやる」

北はカードをテーブルに置き、腕組みをした。並木は起き出してベッドの縁に腰掛けた。

「俺の田舎は長野の山深いところでな。うちには田んぼも畑もないから、人から猫の額みたいな土地を借りて細々と芋なんかを作ってる。貧しくてな、俺はガキの頃から、いつか家を出よう、絶対に出てやるって思ってたよ。そこへA大競走部の監督からの誘いだ。俺は飛びついた。オリンピックでメダルでも獲りゃあ、いい仕事に就けるだろうし金も稼げる。田舎の連中だって見返してやれるってな。フッ、ところがだ——」

東京五輪は中止になった。夢を繋《つな》いだロンドンも夢のまま消えた。

「やっぱり自棄になったってことか」

並木が口を挟むと、北はだるそうに首を回した。

「そう単純に分析してほしくはないがな」

「それじゃ特攻はどうだ？　回天特攻もただの自棄っぱちで志願したのか」

「ゆうべ海で話したろう。俺には捨てるものなんかありゃしない。とっくに家も故郷も捨てた。だが走れなくなれば結局のところ、あの家に逆戻りだ。それだけは避けたい。そう思った」

並木は目を尖らせた。

「ただ貧乏が嫌で、ってことか」

「そうじゃねえ」

北は語気を荒らげた。

「反吐《へど》が出るんだよ、おやじとおふくろ見てるとな」

こめかみに青筋が立っている。並木は気圧《けお》された。

「朝から晩まで、へこへこ人に頭を下げやがって……。すみません、すみません、ありがとうございます、ありがとうございます。俺の頭まで下げさせるんだ。俺はちっとも悪くねえ。何も盗んじゃいねえ。なのに、謝れ、とにかく謝れってよ……」

北は目の端で並木を睨みつけた。

「貴様に本物の貧乏ってもんがわかるか。情けないもんだぜ。とことん魂まで腐っちまうのよ。俺の兄貴は満蒙開拓義勇軍に手を挙げて満州に渡った。『鍬《くわ》の戦士』ってやつだ。家じゃ食えないから泣く泣く行ったのよ。俺は嫌だ。満州も田舎も嫌だ。土ってやつがどうにも嫌だ」

北は拳を握り締めていた。

「特攻は最高の名誉だ。神になれる」

「お前……」

「息子が特攻で死ぬ。その事実をおやじとおふくろに叩きつけてやる。神になって村中の人間を土下座させてやる」

靴音がした。佐久間が部屋に戻って、二人は刺し合うような視線を外した。

「どうしたんだ?」

佐久間が二人の顔を交互に見た。その時だった。

ジャーン! と警急電鐘が鳴った。次いでスピーカーが叫んだ。

《両舷停止! 潜航急げ!》

並木は弾かれたように立ち上がった。北もゆっくりと席を立った。

「敵襲らしいな」

「そんな馬鹿な！　豊後水道を出て半日も経ってないじゃないか。まだ日本の玄関先だぜ」

佐久間の言葉を打ち消すように、スピーカーが怒鳴った。

《総員配置につけ！　総員配置につけ！》

三人は張り詰めた顔を見合わせた。敵艦だ。早くも敵艦に遭遇した。

艦は驚くべきダウン角度で急速潜航に入った。棚の上の物が床に落ちて音をたてる。

「いくぞ。秒時計を忘れるな」

北は回天隊の隊長に戻っていた。並木と佐久間は鉢巻を締めて士官室を飛び出した。兵員室からも、桜井、赤城、山根の下士官搭乗員が駆け出してきた。六人は目を見つめ合い、「回天戦用意」の号令を待った。だが——。

敵艦は回天が狙う空母でも戦艦でも大型油槽船でもなかった。伝令兵が叫ぶ。

「駆潜艇です！」

身がすくんだ。駆潜艇……！　潜水艦狩りのために造られた船ではないか。

次の瞬間、ドドドーンと耳をつんざく大音響が艦内に響き渡り、艦が大きく揺れた。

「うぉ……！」

並木たちは一斉に床に投げ出された。

《深度八十！　急げ！　各区爆雷防御！》

爆雷攻撃の雨だった。艦が傾ぎ、右に左に振られる。配管を握って足を踏ん張るが、そこへ人や物が転がってきて将棋倒しのようになる。狭い通路は大混乱になった。

「やられちまう！」

佐久間が悲鳴を上げた。

「落ち着け」

北が言った。だがその顔も引きつっている。

スピーカーは鳴りっぱなしだ。艦は懸命に逃げていた。面舵、取り舵、水中全速を繰り返し、ジグザグ航法で敵艦をまこうとしている。だが駆潜艇はスッポンのように食いついて離れない。ソナーで完全に伊号潜水艦の動きを捕まえているのだ。潜水艦から真上の敵に攻撃を仕掛ける方法はない。だから逃げきるか、やられるか、二つに一つだ。

並木は唇を強く噛んだ。相手が悪い。悪すぎる。対潜学校にいた並木は潜水艦を発見し、沈めるための戦略を学んできた。だから今この状況がいかに危険な場面か、わかりすぎるぐらいわかる。

緊迫した状況は続いた。一時間経ち、二時間が過ぎても敵の追跡を振り切れない。ヘッドホーンをつけた聴音手が、駆潜艇のスクリュー音に全神経を集中させている。近くにいることは間違いない。右か左か。前か後ろか。

聴音手が反応した。

《艦尾に音源、感二》

感度二。かなり距離がある。おそらく爆雷を撃ちつくし、だからマークだけして爆雷を満載した別の艦を呼んでいる。

並木は額の汗を拭った。暑い。

敵の探索の手掛かりを減らすため、音を発する冷却機や扇風機は止められていた。爆雷防御の構えをとっているから防水扉も閉め切りだ。艦内の温度がじりじり上がる。玉のような汗が首といわず腕といわず滴り落ちる。並木は搭乗服の上着を脱いだ。北を除き、みんなもそうした。

「どうなっちまうんだ?」

佐久間が不安げに言ったが、誰も答えず、天井を睨みつけている。

「このまま行っちまってくれないかな」

シッと北が人差し指を唇に立て、押し殺した声で言った。

「声を出すな。長丁場になるぞ」

北の言う通りだった。敵はまだいる。一定の間隔を保ち、ついてきている。無気味な時間が過ぎていった。

三時間……。四時間……。五時間……。昼も夜もない。駆潜艇はしぶとかった。

並木は喉に手を当てていた。長時間の潜航で空気が汚れきっている。炭酸ガスが胸に苦しい。みんな金魚のように口をパクパクさせている。艦内温度は四十度を超えた。

「司令塔の様子を見てくる」

北が小声で言った。ああ、と喘ぎながら並木は返した。腰を上げる北の姿を半開きの目で見つめ、が、その目が大きく開いた。

北も搭乗服を脱いでいた。ボロボロのシャツ姿だった。軍の支給品ではない。継ぎ接ぎだらけだ。右肩から胸にかけて厚手の布が重ね縫いされ、そこだけふんわり膨らんで――。

突如、並木は遠い記憶に突き当たった。

まだA大にいた頃だ。軍事教練で北と出くわした、あの時もそうだった。北はボロボロの教練服を着ていた。その上着は右肩から胸にかけて布が膨らんでいた。

肩ぶとん――。そうに違いなかった。軍事教練は厳しかろう。痩身の息子には重たい銃が辛かろう。そんな思いを込めて母親が縫いつけた肩ぶとん。北はおやじもおふくろも反吐が出ると罵った。特攻の事実を突きつけてやるのだとも言った。だが、母の作った肩ぶとんのシャツを身に着けていた。そのシャツを回天特攻の死に装束に選んだ――。

並木の胸を巡った複雑な思いは、聴音手の声が遮った。

《感度上がった！　艦尾左二十度、感三……感四！》

感度四。敵艦は近い。並木は息を呑んだ。スクリューの音が近づいてくる。

《感五！》

軽やかなスクリュー音が神経を切り刻む。艦の真上を敵の駆潜艇が通過している。いま爆雷を落とされたら――。

《取り舵いっぱい、水中全速！》

艦長の声が響いた。艦がぐぐっと回頭していく。聴音手が叫ぶ。

《右十度、感四……五！》

もう一隻来た。やはり呼んでいたのだ。

《真上通過！　爆雷！》

――だめだ、やられる！

並木は両手で頭を防御した。

幾つもの雷が同時に落ちたような衝撃だ。蛍光灯が点滅を繰り返し、艦が巨人の手で弄ばれるかのように揺れる。

並木は目を瞑った。

――死ぬのか。俺は回天にすら乗らずに死ぬのか。

思いはみんな同じだった。下士官の桜井が叫んだ。

「チクショウ！　死ぬのは回天に乗ってからだ！」

赤城と山根も声を張り上げた。

「そうだ、乗らせてくれ！」

「駆潜艇をボカチンしてやる！　艇を出してくれ！」

北が三人を制した。

「落ち着け。ザコとまみえてどうする」

「しかし隊長、このままじゃ死んでも死に切れません！」

食い下がる桜井を北が睨んだ。

「回天同様、俺たち搭乗員も数少ない貴重な弾《たま》だということを忘れるな。無駄弾は撃てん。機を待て」

「しかし、ただこうして死を待つよりは──」

「桜井──」

今度は並木が制した。

「駆潜艇を回天で仕留めるのは不可能だ。足が速いし小回りが利くからな」

くそっ、と桜井がパイプに自分の額を打ちつけた。

「回天に乗りたい……。乗って死にたい。こんなところで……」

その回天が、艦のアキレス腱になっていることはみんな知っていた。伊号潜水艦の安全潜航深度は百メートル。だが回天の鉄板は薄く、八十メートルまでしか水圧に耐えられない。回天を守るために、艦は百メートルの深さへ逃げ込めずにいた。

第二波、第三波の攻撃がきた。

「も、もうだめだぁ……」

佐久間が頭を抱えたまま衝撃で転がる。パイプに腕を絡めた北が懐から小さなカプセルを取り出し、一つを並木に突き出した。青酸カリだ。佐久間や桜井たちにも手渡された。

「無駄弾になるくらいなら潔くこれを嚙め。俺たちの使命は大型艦を沈めることのみだ」

北は五人の顔を見回し、自分のカプセルを口にくわえた。

反論を口にした者はいなかった。

母艦である潜水艦が破壊されれば、当然のこと、回天戦は不可能になる。搭乗員も死ぬ。運良く海面に浮上できても、機銃掃射を食らうか捕虜にされるかのどちらかだ。間違っても回天隊員が捕虜になるわけにはいかない。軍事機密である回天を知り尽くしている隊員が敵の手に落ちることがあってはならない——。

並木は黙ってカプセルをくわえた。他の四人も次々にくわえた。血の気のない六つの顔が、カプセルをくわえた互いの顔を見つめ合って息を殺していた。

とりわけ大きい衝撃と同時に艦内灯が消えた。もはやこれまで。そう思った時、鹿島艦長の声が響いた。

《深度四十まで浮き上がれ！》

並木は耳を疑った。

——なんだって？　浮き上がる？

それは艦長が打った一か八かの賭だった。

敵の駆潜艇はこちらが深く潜航したとみて、爆雷の設定を「深々度」、つまりは八十〜百メートルの深さで爆発するようにセットして海中に撃ち込んでいた。艦長はその裏をかいた。爆雷の爆発のショックでソナーが有効に働かない隙を狙って一気に艦を浮上させ、脱出を試みたのだ。

数分後、爆発音が弱まった。しかも下方から聞こえる。

すべての乗組員が息を潜めていた。艦は平行になり、東方に進んでいる。爆雷の音が遠のいていくのがわかる。

それから、三時間……四時間……。艦内は静まり返っていた。誰もが滝のような汗をかいていた。やがて聴音手が叫んだ。

《音源消滅!》

うおぉぉぉ! と歓声が上がり、艦内は沸きに沸いた。拳を突き上げ、万歳を叫び、抱き合って喜ぶ者たちもいた。

《メインタンクブロー! 海面に浮き上がれ!》

鹿島艦長の快活な声がスピーカーから流れた。

「いやぁ、お見事! 助かった!」

佐久間は桜井や赤城と盛んに握手を交わしていた。

不思議な光景だった。死にに来た人間たちが、生き延びられたと無邪気に喜んでいる……。

並木は手のひらのカプセルをまじまじと見つめた。

「とっとけ。また使うことになるかもしれん」

北は抑揚なく言い、搭乗服を肩にかけて士官室へ歩いていった。

並木は無言で見送った。隊長としての凄みと、肩ぶとんとの落差を埋めることができずにいた。

35

奇蹟的に母艦の損傷は軽かった。

だが、海面に浮上してみて、とんでもないことがわかった。回天がやられた。後甲板の二基が、熱湯をかけられたセルロイドの玩具のようにへこみ、鉄板が波立ってしまっていた。使用不可能。整備員が調べるまでもなく、誰もが一目見てわかった。

やられたのは、桜井と赤城の艇だった。二人はなんとかならないかと整備員に食いついていたが、駄目だとわかり、悔し涙をぽろぽろこぼした。

並木はその様子を呆然と見つめていた。

たった二隻のちっぽけな駆潜艇に丸一日追い掛け回された揚句、六基しかない回天の三分の一を失ってしまった。こんなことで救国の兵器と言えるのか。残り四基で敵にどれほどのダメージを与えられるというのか。

「並木少尉――」

声に振り向くと、伊藤の童顔があった。並木が乗る「五号艇」担当の整備員だ。

「外観、機関とも異状ありません。電話もちゃんと繋がります」

「そうか。ありがとう」

伊藤は頬を赤らめた。まだ二十歳前だ。ひどく内気な男だが、整備の腕は優秀との評を得ていた。初搭乗で並木が岸壁にぶつけた訓練艇も、伊藤が一晩で修理したと聞いた。

「しかし、随分と脆《もろ》いんだな、回天は」

並木が言うと、伊藤は困った顔で頷いた。

「爆雷には耐えられません……。そうは造られていませんので」

「そうだよな。五分か十分、海中を走れればいいんだから」

「……………」

「ん？　どうした？」

伊藤は俯いていた。

「皮肉に聞こえたのなら謝る。すまん」

「そ、そんな……」

「とにかく、しっかり整備してくれ」

「はい、わかりました」

どことなく歯切れが悪いのは、伊藤が「送る側」だからだ。回天搭乗員と他の乗組員の間には、どうにも取り繕いがたい立場の違いがある。

伊藤はぎこちない敬礼をして踵を返した。が、迷いながらまた並木に向き直った。

「あの……、昔、ラジオを聴きました」

「ラジオ?」

「甲子園です。少尉が優勝した試合の」

「そうか……」

胸が微かに疼いた。

「おめでとうございました。あ、今ごろ言ってもなんですけど」

「いや、ありがとう。嬉しいよ」

「こちらこそ。大変失礼いたしました」

伊藤は耳まで真っ赤になってラッタルを下りていった。

——甲子園か……。

遥か遠くに感じられた。

並木はひしゃげた桜井の艇をしげしげと見つめ、大海原に目を移した。日没前の海は金色に輝き、それは首をぐるりと回しても、どこまでも果てしなく続いていた。

知らずに溜め息が漏れた。自分も、自分の乗る回天も、ひどくちっぽけなものに思えてならなかった。

36

伊号潜水艦は再び、ウルシー島と沖縄を結ぶ米軍の海上補給路を目指した。

昼間は潜航、夜間は浮上を繰り返しつつ慎重に進む。だが、米軍サイドも補給路が狙われることは百も承知しているわけだから、周辺の警戒は厳重を極めている。艦が進む先々で敵の駆潜艇や駆逐艦に追い回され、三日で到着するはずが、一週間経っても目標海面に辿り着けずにいた。

並木は焦れていた。

――まだなのか。早くでかいのに出くわせ。

爆雷攻撃を受けているうちは、なんとか心のバランスが保たれていた。無論恐ろしくはあったが、潜水艦の乗組員と一喜一憂することで、少なくとも孤独感からは解放されていた。

だがここ数日は爆雷もない。艦内は静かだ。そうなってみると、乗組員と回天搭乗員の立ち位置の違いが際立つ。生きるために戦っている者と、死ぬために戦っている者が混在する場はなんとも居心地が悪い。乗組員は搭乗員に気を遣う。特別な客。そんな態度で接してくる。腫れ物に触るようにおずおずと。

それがまた孤独を炙り出す。身の置き場がない。心が寒々としてならない。死は黴《かび》のようなものだ。時間経過とともに、心の隅々にまで蔓延《はびこ》ってくる。

北は黙してポーカーのカードを引いている。人と群れようとはしない。喋って気を紛らわそうなどという頭はこれっぽっちもなさそうだ。いや、冷静さを装っているだけかもしれない。内心は怯えていて、だが最後の最後まで並木と我慢比べをしようとしている。どちらが先に死の恐怖に音を上げるか競っている。くだらんと思いつつ、北の横顔を見ていると、ついそんなことを考えてしまう。

佐久間はだらしなくベッドに寝ころがっている。例によって、赤い手鏡で自分の顔を眺めている。いったい、この男は——。

「なあ、佐久間」

「何?」

「お前、いつもそうやってるけどさ」

「ん……ああ、これ?」

「自分の顔見て何か面白いのか」

佐久間は歯を見せた。

「別に面白いわけじゃないさ。本当に似てきたなぁって思ってただけ」

「似てきた?」

「ああほら、俺の両親死んじまって、ちっちゃい時から婆ちゃんに育てられたろ。そのせいってこともないんだろうけど、みんなが言うんだ。婆ちゃんと俺、顔がそっくりだって」

初耳だった。

「佐久間、俺、そんな話一度も……」

言いかけた時だった。

《総員配置につけ！》

並木、北、佐久間の動きが止まった。すべての神経が耳に集中した。

《水上艦船、右十度、感二！》

敵艦を確知したのだ。水上艦船。その言い方は駆潜艇などではない。ならば――。

並木はスピーカーを凝視した。

短い間の後、鹿島艦長の声が告げた。

《回天戦用意！　搭乗員、乗艇！》

来た。ついに来た。

「行くぞ」

北が言った。おう、と並木は受けた。佐久間は無言で鉢巻を締める。

三人は士官室を飛び出した。下士官の山根も来た。目が血走っている。その後ろで、艇を失った桜井と赤城がおろおろしている。

《深度十七！》

浮上して潜望鏡観測を始めるに違いない。これで敵艦の種類がわかる。

「乗艇だ。急げ！」

北が声を張り上げた。鈍く光った目が並木に向いた。

「じゃあな」

「ああ」

交した言葉はそれだけだった。

赤い目をした桜井と赤城が直立不動で叫ぶ。

「皆様、どうか良い戦果を！」

「我々も次回、必ず参ります！」

「おう、後は頼んだぞ」

並木は腹から声を出し、踵《かかと》を鳴らして走り出した。佐久間と同じ艦首方向だ。山根は後方の機関室、北はさらに後ろの乗員室だ。各々そこから専用のラッタルを上がる。艦と回天の下部ハッチは交通筒と呼ばれる狭い通路で繋がっていて、そこを潜り抜ければ艦内から直接、甲板上の回天に乗り込める仕組みだ。

ラッタルを駆け上がった並木は、体を捻って下を見た。戦闘配置のはずが、大勢の乗組員の見送りになっている。

「色々とお世話になりました。行って参ります！」

言葉は返ってこなかった。みんな顔を強張らせ、無言で並木を見つめている。死んだ友人の棺桶を覗き込む目だった。並木は生きて自分の葬式を目撃した。

膝を擦りむきながら腹這いで交通筒を抜けた。下部ハッチを開き、伸び上がるようにして五号艇に乗り込む。座席に腰を沈め、壁掛け式の電話の受話器を取り、レシーバーを頭にセットした。よし！

「並木少尉！」

下部ハッチの下から声がした。身を乗り出して暗い交通筒を覗き込むと、整備員の伊藤の顔が下からこちらを見上げていた。口がへの字だ。今にも泣き出しそうな顔だ。

「ハッチ閉めます。ご成功を祈ってます！」

「伊藤、これまでありがとう」

「こちらこそ、ありがとうございました！　――閉めます……！」

ゴクンと重い音がしてハッチが閉じた。

鼓膜に密閉の圧が掛かる。

《五号艇、五号艇、感度はどうか》

司令塔からの呼び掛けがレシーバーに響いた。

「五号艇、乗艇。感度良好！」

並木は大声で返した。

《五号艇、これより交通筒に注水する》

艇を切り離すための準備だ。ザザザッと筒に海水が入る音がした。間もなく注水完了を知らせる短い音がした。

己の戦争が終わる。並木はそう思った。

《各艇、発進用意！》

並木は頷いた。千手観音の手捌《さば》きで二十六のハンドルと弁を操作していく。もはや考えずとも勝手に手が動く。一分……二分……三分を過ぎたところで完了した。司令塔に伝える。

「五号艇、発進用意よし！」

これでいつでも出られる。

《敵は大型輸送船！》

軍艦でも空母でもない。だが、そんなことはもうどうでもよかった。標的が近くにいる。頭にあるのはそれだけだ。

「何隻だ？」

並木が聞くと、すぐさま《敵艦は一隻》と返答があった。

——一隻……。誰が行く？

どの艇を出すかの判断は司令塔に委ねられている。敵艦の位置が選定基準になる。母艦の前甲板にある回天は艦首方向に、後甲板の回天は艦尾方向に弾頭を向けてセットしてあるからだ。近いほうが行く。前か。後ろか。どっちだ？
レシーバーに声が戻った。
《敵艦は一隻。方位角右七十度、距離五千、敵速十四ノット、敵針二百六十度——一号艇を出す！》
北だ。後甲板の北が行く。
《一号艇発進始め！》
並木は息を呑んだ。
北の応答の声は並木のレシーバーには入ってこない。だが微かに聞こえた気がした、「発進」の声が。司令塔のマイクが拾ってこちらに流れたか。だがそれきりだ。音も振動も感じない。静かだ。行ったのか、北は——。
《一号艇故障！　……二号艇を出す！》
並木は目を見開いた。北の艇が発動できず山根に回った。
が、ややあってレシーバーに苛立った声が流れた。
《二号艇故障！》
ならば前甲板に回る。並木か佐久間か——。
俺を出せ。
だが、声にはならなかった。

側を見る。

《六号艇発進始め！》

佐久間だ。思った直後、左側から地鳴りのような音が聞こえた。点火したのだ。ならば——。

ガタン、と音がした。固定バンドが外れたのだ。並木は特眼鏡にしがみついた。体を捻って左

ガガガガガガガッ——。凄まじい熱走音を残して、佐久間の艇が飛び出した。ガリッと電話線が切れる音がした。特眼鏡の視界に、竜巻のように回転するスクリューが映った。それは瞬く間に消えて、真っ白い気泡がレンズを覆った。

行った……。

並木は瞬きすら忘れていた。

数分後のことだと思う。佐久間の発進した方向から、大音響が返ってきた。

レシーバーの声が吼《ほ》えた。

《火柱確認！》

並木は固く目を閉じた。

《目標付近、騒音大！》

司令塔の歓声が耳に届いた。

《推進器音、消滅！》

敵艦のスクリュー音が消えたのだ。

やった。佐久間はやった。見事命中し、敵艦を撃沈した――。

焦燥感が噴き上がった。

並木は叫んだ。

「司令塔！　他に敵は！」

《その他、音源なし。周辺に敵艦はいない》

「よく探せ！」

レシーバーの声のトーンがやや下がった。

《各艇、用具収め――艦内に戻れ》

並木は動けなかった。硬く冷たい座席の背もたれに、しばらく身を預けていた。

37

士官室を入ってすぐ右手の一画に「艦内神社」がある。

幾つもの戦果札が下がっている。この伊号潜水艦から出撃していった回天搭乗員の名が記されている。神になった人々の名前だ。佐久間安吉――。

札が一つ増えた。並木はその戦果札を見つめていた。出撃直前、佐久間は言った。

両親は他界した。祖母に育てられた。その祖母と顔がそっくりなのだと。

知らなかった。佐久間は前に話したことがあるような口ぶりだった。だが思い出せない。対潜学校から二年近くも一緒だったのに、死なれてみて初めて、佐久間という男のことを何も知らない自分に気づいた。

その二年間という長い時間、並木は自らの死を見つめ、自らの生にしがみついてきた。自分のことだけを考えていた。すぐ隣にいた男のことさえ、満足に知ろうとしなかった。並木の知る佐久間は気が弱く、そして、赤い手鏡でいつも自分の顔を見ている一風変わった男でしかなかった。

佐久間も自らの生と死を見つめ続けていたに違いない。その生と死の狭間で何を思っていたのか。自分の顔を手鏡に映し、故郷の祖母を懐かしんでいたのか。聞いてみたいが、もはやそれは叶わない。

小畑の死は友人だから、知っている人間だから辛かった。なのに今度は、佐久間について何も知らなかったことが辛くてならない。

艦内が騒がしくなってきた。総員配置の号令がかかっている。敵艦ならば回天戦が掛かる。

北の一号艇は気筒爆破。山根の二号艇は燃料パイプの破損。いずれも致命的な故障で海上での修理は不可能だった。一基が出撃し、四基が故障。並木は今、伊号潜水艦の中でただ一人、死を約束された人間となっていた。

《深度十六!》

並木は鉢巻をきりりと結んだ。

結局のところ、生と死の間に、ここだという心の置き場所はなかった。特攻で死ぬとはどういうことなのか、いまだ結論を導き出せないでいる。だがもう時間切れだ。己の心の戦争は、肉体の爆砕によって無に帰る。

ドアが勢いよく開いた。

北が入ってきた。息が上がっている。拳を撫で回している。修理は無理だという整備員を殴ってきたのだろう。

並木は背中を向けた。秒時計のネジを巻き、懐中電灯のチェックをする。

「並木――」

「……何だ？」

「敵艦らしいぞ」

「回天戦が掛かるな」

「おそらくな」

「北――色々あったが、世話になったな」

並木は背中で言った。

「俺は先にいく。いがみ合いの続きは、あっちでやろう」

「並木、頼みがある」

硬い声だった。

並木は振り返った。北の顔は真剣だった。

「頼み？　なんだ？」

「……………」

「言えよ。最後だしな、大抵のことなら聞ける」

「貴様の艇を俺に譲ってくれ」

「艇を譲れ……？」

きょとんとした並木の顔を、北は食い入るように見つめている。

「頼む……この通りだ」

北が頭を垂れた。

「待てよ。なんだってそんなこと」

「次まで待てん！」

北は語気を強めた。

「次回の出撃などいつになるかわからん。佐久間は死んだ。貴様も行く。俺だけ生き残って陸に戻るなど耐えられん」

「それは俺も同じだ」

「俺は隊長なんだ。面子が立たん。それに――」

「北――」

並木は話を遮り、北の目を見据えた。

「俺が艇を譲ると思うか」

「………」

「お前が俺の立場ならどうする？　譲るか？」

「………」

「そういうことだ。次を待て」

北の顔が歪んだ。

「ならば貴様の艇に同乗させてくれ」

「同乗……？」

「回天は無理すれば二人乗り込める。貴様の艇に俺も一緒に乗せてくれ」

「お前……」

「頼む。乗せてくれ」

「冷静になれ。お前、言ったろう――搭乗員も回天と同じ数少ない貴重な弾だ、無駄弾は撃てないって。同乗なんて、まさしく無駄弾じゃないか」

「構わん」

「勝手なことを言うな。そんなに死にたいのなら、次回に華々しく死ねばいい」

「手遅れになりかねん」

「手遅れ……？　どういう意味だ」

逡巡の後、北は吐き出すように言った。

「日本が負ければ次の出撃はなくなる」

並木は、あっ、と小さく発した。

「戦争が終わってしまえば、隊長の俺は生き恥を晒《さら》すことになる。一生涯、隊にも部下にも顔向けができん。故郷にも……だ」

「………」

「だから頼む。貴様の艇に乗せてくれ。艦長には俺から許可を願い出る」

北の肩と腕が微かに震えていた。

並木は腹の深いところから息を吐いた。

「お前の気持ちはわかる。ここじゃ、死ぬことより、生きることのほうが難しいものな……」

「乗せてくれるか？」

「断る」

北の顔が輝いた。歩み寄ってくる。

並木は強く言った。

「な、なぜだ？」

「英霊になる前に、おふくろさんに顔を見せてこい」

北の足が止まった。

並木は腕を伸ばした。北の事業服の上から肩ぶとんを鷲摑みにした。

「大切なものは大切だと言え。それからでも死ぬのは遅くないだろう」

「貴様に何がわかる」

北の声が上擦った。

スピーカーにシュッと音が入った。

《回天戦用意！》

「それにな――」

言いながら並木はベッドの枕元に手を差し入れた。寄せ書きのボールを握り、それを懐に収めて北を見た。

「俺は、あっさり夢を捨てちまうような奴と一緒に死のうとは思わん」

北の血走った両眼には、焦点がなかった。

並木は士官室を出た。

追ってくる足音も呼び声もなかった。

38

《回天戦用意！　搭乗員乗艇！》

それは、たった一人並木に対して発せられた命令だった。

通路を駆け抜ける並木を、鹿島艦長が呼び止めた。

「敵は船団だ。五隻いる。絶好の目標をとらえて必中撃沈を期すように」

「はいッ」

「成功を祈る。心から……」

艦長の唇が震えた。

並木は背筋を張った。

「敵厳戒の中、ここまで連れてきていただき感謝の言葉もありません。艦長以下、乗員一同の武運長久をお祈りします」

「ん……」

「行きます！」

並木はラッタルを駆け上がり、五号艇に乗り込んだ。レシーバーをつける。

《方位角右八十度、距離八千。発進用意のうえ待機せよ》

船団との距離を詰めるのだ。ならば少し時間がある。

並木は手早く発進用意を済ませ、胸ポケットから三枚の写真を取り出した。よく見えるように機械の隙間に挟む。

――ああ、これでいい。

美奈子……。いつも微笑んでいるね。何か言いたそうにも見えるな。怒っているのかい？　本当のことを言えなくてごめん。悲しまないでほしい。頑張れって言ってほしい。そうだと嬉しいのだけど……。

父さんは少し恐い顔だな。ああ、母さんはもっとひどい。緊張して目をぱっちり開きすぎてる。血筋かな。幸代も同じだ。見合い写真はうまく撮れよ。トシ坊はどうした。目が糸トンボみたいじゃないか。眩しかったんだな。それとも照れたのか。

小畑……。よく見たらホステスさんのほうが背が高いじゃないか。眼鏡も曲がってるぞ。まあいい。すぐそっちへ行くから、ゆっくり話をしよう。ボールも持っていくよ。キャッチボールぐらいできるようにな。

剛原……。お前、今どこだ？　南方か？　生きてるのか？　俺みたいなことになってないといいけどな。それと一つ告白する。魔球できなかったよ。けど最後まで頑張ったからな。褒めてくれるか。

津田……。中村……。大竹……。盛岡……。遠山……。伊佐……。戸所……。みんな生きてるよな。いつかA大野球部を復活させてくれ。頼んだからな。

マスター、この日も赤いベスト着てたんですね。白黒だとちょうど審判用のプロテクターに見えるなぁ。

《方位角右九十度、距離四千！》

近づいた。いよいよだ。

発進したら、写真の中のみんなの名を一人一人呼ぼう。呼びながら敵艦に突っ込もう。そう決めていた。佐久間の名も呼ぶ。北の名も呼んでやろう。

ありがとう。さようなら。みんなに、そう言いながら突っこもう。

——俺は一人じゃなかった。俺はいつだって素晴らしい人たちに囲まれていた。俺は……俺はみんなと……。

《五号艇、発進用意！》

号令が脳を突き抜けた。

並木は体を捩り、発動桿を握った。この瞬間、一体どんなことを思うのか。ずっと想像していた。祖国愛か。死の恐怖か。単なる義務感か。

どれも違った。意外な思いが込みあげてきた。

——ああ、ボレロを聴きたいなぁ……。

眠けにも似た一瞬が消し飛んだ。血流が全身を駆けめぐった。こめかみには痛みすら感じた。

並木はゆっくりと目を見開いた。

「五号艇、発進用意よし！」

《五号艇発進！》

並木は発動桿を力任せに押した。

だが——。

クーンと妙な音がした。

スクリューは回っている。だが燃料に点火しなかった。「冷走」と呼ばれる状態だ。これでは発進しても、突入はおろか船団に追いつくことすらできない。

「馬鹿な！」

並木は発動桿を戻し、もう一度押した。素早くやり直せば、熱走させられることがある。そう習った。

同じだった。再び冷走音が耳に響いた。

「ふざけるな！」

狂ったように何度も発動作業を繰り返した。これでもか、これでもか——。

回天は飛び出さなかった。潜水艦の甲板に張りついたままだった。

並木は喘ぐように天を仰ぎ、固く目を閉じた。

——こいつは……この回天ってやつは、人の生死を弄《もてあそ》んでいるのか……。

交通筒の海水が抜かれ、下部ハッチが開いた。

担当整備員の伊藤は、ラッタルの下で並木が降りてくるのを待っていた。身も心も硬直していた。回天が冷走した。自分のミスで少尉の出撃に泥を塗った。取り返しのつかないことをしてしまった。だが……。

もう一つの気持ちが胸にある。それはどんどん膨らんで、胸を覆い尽くしていく。

少尉の顔をまた見られる。また話ができる――。

ラッタルを下りてくる足音が響く。並木の足が見えた。体も。そして……。

伊藤は息を呑んだ。

並木の顔は蠟《ろう》のように白かった。髪が逆立ち、目は虚ろに宙を彷徨《さまよ》っている。

死線を越えてしまった人間の顔……。

伊藤は歩み寄った。何か声を掛けてあげたい。気持ちを和らげてあげたい。慰労の笑みを浮かべようと懸命だった。

ぼんやりした目が伊藤に向いた。次の瞬間、並木の拳が伊藤の頬を殴りつけていた。

「なぜ笑うかぁ！」

小柄な体が床に転がった。伊藤は慌てて膝を整えて土下座した。

「も、申し訳ありませんでした！」

並木は恐ろしい形相で伊藤を見下ろしていた。が、それは次第に魔法が解けたような顔に変わって、自分の拳を見つめた。

「……俺は……なんてことを……」

目が伊藤に向いた。震える手が伸び、伊藤の頰にそっと触れた。

並木は絶望的な顔になって、力なく床に両膝と両手をついた。

「伊藤……すまん。許してくれ。許して……。俺を許してくれ……」

軍隊生活を通じてたった一度だけ、並木が揮《ふる》った鉄拳だった。

拳に痛みはなく、ただ、心が痛かった。

39

五号艇は燃料パイプが断裂していた。

回天戦が不可能となった伊号潜水艦は、帰投命令を受け光基地を目指した。

同じ頃、戦艦大和は豊後水道を出て沖縄に向かっていた。「天一号作戦」と名付けられた水上特攻部隊の最後の姿だった。大和は燃料も満足に積まず、護衛の航空機もいなかった。沖縄の海岸に乗り上げて日本軍の要塞となって米艦船に攻撃を加えるという、およそ現実離れした作戦を命じられていた。

大和は出撃後まもなく沈んだ。米軍空母から飛び立った艦載機の一斉攻撃を受け、火だるまになりながら佐多岬《さたみさき》の南西九十キロに没した。

それは、日本という国の落日を見るような光景だった。

40

周防灘は凪《な》いでいた。

もう基地に灯りが灯ろうかという頃、並木は陸地を踏んだ。二度と踏むことはないと思っていた大地を両足で踏みしめた。

ああ、生きているんだなあ、という実感が込み上げてくる。これで佐久間でも生きていたら、抱き合って喜んだかもしれない。その佐久間は死んだ。自分は特攻の使命を果たせなかった。しかし地面を踏みしめる喜びは、人間の本能的なものらしい。靴の底からじわじわ這い上がってくる嬉しさを並木は抑えることができなかった。

隊門を潜り、兵舎へ向かうと、犬の吠え声が聞こえた。遠くから茶色の塊が突進してくる。

「カイテン……？」

届くまいと思うほど遠くでジャンプし、並木に飛びついてきた。もう鼻と言わず口と言わず、ベロベロ舐め回す。

「ハハハッ、よせ！　よせってば……。おい、お前、でっかくなったなあ！」

カイテンは倍ほどにも大きくなっていた。毛もふさふさして、出撃した頃の赤ちゃん赤ちゃんしたところがない。

「そっか、お前らは一年で大人になっちまうんだっけ」

カイテンとじゃれ合った。地面に転がして、体中くすぐってやった。

その並木の足許に、幾つもの長い影が伸びた。

「楽しそうだな」

声に顔を上げると、剣崎少尉が立っていた。ほかにも数人。

「よく隊へ帰ってこられたな。仲間が死んだっていうのによ」

並木は立ち上がった。

「俺は……」

言葉が続かなかった。

「来い」

剣崎が顎をしゃくった。

兵舎裏に連れて行かれた。低い唸り声を発していたカイテンは鎖で繋がれた。

じわっと人の輪が狭まった。

「修正！　貴様の腐った根性を叩き直してやる！」

激しいカイテンの吠え声を背に、夥しい数の鉄拳が並木の顔を打った。

それからというもの、並木は毎日ひっそりと過ごした。人と会うのが恐ろしく、部屋に閉じ籠もることが多かった。剣崎たちのような者は他にはいなかった。みんな出撃から生きて戻った人間の心情を察していた。元気づける言葉をかけるのも可哀想に思うのだろう、出撃のことには触れず、そっとしておいてくれた。

だが、それが辛かった。殴られるより辛かった。

生きて戻りやがって。内心ではみんなそう思っている。だから知らぬ顔をしている。俺のことを軽蔑し、最低の男だと囁きあっている。妄想は膨らみ、それはどうにもならないほど大きくなって心を押し潰す。逃げるようにベッドに転がる。毛布をかぶり、浅い眠りに悪夢を見る。飛び起きて、部屋の隅で膝を抱える。また妄想に囚われる。その繰り返しだった。

瞼には、佐久間の艇が残したスクリューの回転と気泡が焼きついている。耳には、電話線の切れるガリッという音がこびりついている。だが――。

逃げたわけではない。艇が故障した。だから佐久間の後を追えなかったのだ。

俺は死に立ち向かった。回天に乗り込み、発動桿だって押した。なのになぜこれほど辛い思いをしなければならないのか。陸地を踏みしめ喜んだからか。いけないのか。喜びを喜びとして感じてはいけないのか。

いけないのだ。並木はそう思うようになった。

既に一度死んでしまった人間なのだ。死んでいなければいけない人間なのだ。だから喜びを感じてはいけないのだ。

陸地に並木のいる場所はなかった。心の中には、見渡す限り荒涼とした海が広がっていた。

夜――。並木は薄暗い廊下を歩いていた。日課だ。馬場大尉の部屋へ、次回出撃の隊員に組み入れてもらえるよう頭を下げにいく。

大尉の机には、並木と同じく出撃を求める嘆願書や血書が散らばっていた。北や沖田のものもあった。沖田はすでに二度出撃し、二度とも生きて帰った。隊長と三人の仲間を失っていた。隊長やみんなに申し訳ない。早く死にたい。死んでみんなのところへ行きたい――。

二度目に帰還したとき、沖田は泣きながら並木にそう言った。気持ちは痛いほどわかった。

大尉の部屋を辞した並木は、海辺に向かった。これも日課だ。みんながくつろぐ「たばこ盆出せ」の時間は部屋に居づらい。

月も星もなく、海は漆黒の闇に没していた。

波の音だけがする。どこからが海で、どこからが浜辺なのかわからない。ただ夜光虫の美しいきらめきが、陸との境界線を仄《ほの》かに知らせてくる。

並木は砂浜にしゃがんでぼんやりとしていた。

何を考えるでもない。誰を思うわけでもない。感情が死にかけている。そんなことをただ思う。

視界にあった夜光虫のきらめきがふっと消えた。

すぐにきらめきは目に戻り、だが、今度は右のほうの夜光虫の光が遮られた。

遮られた……？

思った時、微かな音がした。波の音に混じって、何か別の音を聞いた気がした。

並木は腰を上げ、闇の先を手探りするようにしながら、音のしたほうへおずおずと足を進めた。

ひょっとして、の予感があった。そう、いつかも同じようなことがあった。

足を止め、しゃがみ、ポケットからマッチを取り出して擦った。風で吹き消された。また擦る。懐で懸命に囲いながら、砂浜に目を落とした。

足跡があった。次のマッチを擦る。軍靴の底ではない。複雑で繊細な模様……。

陸上シューズ。

並木は右に移動しながら次々とマッチを擦った。驚くほど先に右足の跡があった。同じ歩幅でまた左足……右足……左足……。

貴重品のマッチを全部擦ってしまった。並木は笑っていた。

——あいつ……。走ってる。また走ってやがる。

いつ以来だろう、笑ったのは。並木は愉快でならなかった。

部屋に戻っても、笑みは消えなかった。同室のみんなが無言で顔を見合わせていた。並木は構わなかった。私物を入れた行李を引っ張り出し、中に手を差し入れた。久しぶりに握ったボールの感触は、手の平から胸へと伝わった。

その五日後だった。次回の出撃隊員が発表された。

並木、北、沖田の名前もあった。

不思議なほど、並木の心は静かだった。今度こそ、本当に自分と向き合える。そんな思いが日に日に深まっていった。

41

昭和二十年五月七日。ドイツは連合国軍に無条件降伏した。イタリアは既に敗れ、三国同盟の中で戦っているのは日本だけとなっていた。

再出撃を三日後に控えた並木と沖田は、連れ立って街に出た。死ぬ前にせいぜい美味いものでも食って遊んでこいという隊の配慮だ。沖田はここのところの落ち込みようが嘘のように元気だった。待ちに待った三度めの出撃が決まったからだ。

「沖田、どこだ？」

「えーと……確かこの辺りなんですが」

前に世話になった民家があると沖田が言うのでついてきた。軍の機密といっても、毎日湾内で訓練をしているわけだから、地元の人たちは薄々回天隊の任務に気付いている。国のために命を散らす特攻の若者を哀れんでのことだろう、息子が出征している家などから、ちょっとお寄りなさい、とよく声がかかった。

「あらあら、沖田さん！」

裏の家から、太ったおばさんがサンダルを鳴らして出てきた。

「あっ、おばさん、探してたんですよ。先日はどうもありがとうございました」

「なに堅苦しいこと言ってるの。いいから早くお寄りなさい。さあさ、そちらの方もどうぞ」

沖田は、やった、の目配せを並木に送って、おばさんに続いた。人懐っこい沖田はどこでも可愛がられる。そこの家の息子になってしまったような感じだ。

こぢんまりとした客間には、潮の香りが染み付いていた。相当に無理をしたに違いない。おばさんは心づくしの料理でもてなしてくれた。魚あり、山菜ありで、並木も久しぶりにおふくろの味に触れた思いがした。

丁重に礼を述べたあと、並木は尋ねた。

「おばさん。近くに学校はありますか」

「ええ。そこの坂を登ったところに国民学校がありますけど」

「学校？　なんです？」

脇から沖田が口を挟んだ。

「まあ、いいから今度は俺につき合え」


国民学校は、歩いて五分ほどの小高い丘の上にあった。

並木は校舎の外周を歩いて回り、音楽室を見つけて足を止めた。窓から中を覗く。モンペ姿の若い女教師がオルガンの楽譜とにらめっこしていた。

軽く窓を叩くと、女教師は驚いて顔を上げ、掃き出しのドアから小走りに出てきた。

「何か御用ですか」

「ちょっとレコードを聴かせてほしいのですが」

「レコード……？　あっ、どうぞどうぞ、お入りになってください」

誘われるまま、並木と沖田は音楽室に入った。

「えーと、レコードは何を？」

「ボレロを聴きたいんです」

「ああ、ラヴェルのボレロですね」

女教師もボレロが好きらしい。顔を輝かせ、だが、それはすぐに落胆の色に変わった。

「ごめんなさい。ここにはないんです」

「そうですか。それならいいんです」

並木は明るく返して頭を下げた。が、女教師は慌てて並木の腕を取った。

「女学校にあるかもしれません。私、見てきますから。ここでお待ちください」

「いいえ、そんなご迷惑はお掛けできません。ちょっと聴いてみたかっただけですから」

女教師は並木の腕を放さなかった。特攻隊員だと見抜いている目だった。死ぬ前にボレロを聴きたいとやってきた。きっとボレロに思い出がある。どうしても聴かせてあげたい――。

待っていてください。何度も念を押して、女教師は男物の自転車で坂を下っていった。

「参ったな」

並木は頭を掻いた。

「でも聴きたいですね。ボレロ」

「ん？　沖田も好きか」

「ええ、回天節《かいてんぶし》もいいけど、ラヴェルの曲はもっと好きなんです」

「そうかぁ……」

静かな午後だった。音楽室は少し黴臭《かびくさ》く、それがなんだか故郷の匂いに思えて心地よかった。

並木は大きく息を吸った。今なら言えそうな気がした。沖田になら言えそうな気がした。

長かった己の戦争。その心の戦争を戦いながら胸に溜まった思いの丈《たけ》を。そして、自分なりに辿り着いた生と死の葛藤の漂着場所を。今なら洗いざらい話せそうな気がした。

「沖田――日本はこの戦争に負けるな」

「えっ……？」

沖田は目を見開いた。誰もがそう思っている。だがそれは、決して口に出して言ってはならない言葉ではなかったか。

並木は続けた。

「日本は負ける。俺は太平洋のど真ん中でそう思った。爆雷でぺしゃんこになった回天を見て負けを確信した。その俺たちの上をB29の大編隊が飛んで行き、東京や大阪や、日本の隅々まで火の海にしていく」

沖田が目を剝いた。

「だから俺たちが回天でやるんじゃないですか！」

「俺たちに与えられているのは、たった一本の人間魚雷だ。それで一体何ができる。祖国を守れるか？　家族を守ることができるか？　回天は救国の兵器でもなんでもないんだ」

沖田は唇を嚙んだ。

「まさか、少尉、怖気づいたんですか。回天で死ぬのが怖いんですか」

「ああ。怖い。死ぬのが怖い。ずっとそうだった。けどな、怖いからこの話をしているんじゃない。俺は己の戦争に決着をつけてから死にたいだけだ」

「決着……？　なんの決着です？　祖国のために死ぬ。家族を守りたいから死ぬ。それじゃいけないんですか」

　並木は沖田の目を見つめた。

「お前、本当にそれで死ねるか」

「無論です。確かに日本は負けるかもしれない。俺だって特攻に迷いを感じたこともありました。でも、そんなものはいっときの感傷でしかない。回天は最後の望みです。だから乗る。俺は胸を張って特攻します！」

　並木は息を吐いた。

「お前が胸を張って死ねるのは、他のことを考えないように教え込まれてきたからだ」

　沖田は顔の前で拳を握った。

「そんなことはありません！　俺は俺の考えで生きてきた。特攻を志願したのだって、自分の意思で決めたことです」

「そうは思えん」

「なぜ少尉にわかるんです！」

「俺の弟な、トシ坊っていうんだが、俺が帰省した時こう言ったよ。兄さん、立派に死んできてください――」

「そ、それは……」

「六年生だぞ。まだ小学生なんだ。トシ坊はお前よりもっと強い教育を受けている。なんの疑いもなく国のために死ぬだろう。そうなったら日本はどうなる？　やがて全滅だ。誰も彼もみんな死んで日本という国がなくなっちまう」

「しかし……」

並木は机の上のレコードを手のひらで叩いた。「敵機爆音集」と書かれたレコードだった。ロッキード・ハドソン重爆機、カーチスP40戦闘機、バッファロー戦闘機、ボーイングB17D重爆機——。

「これが音楽の授業だ。敵の飛行機の音を覚えることが音楽と言えるか」

並木は目を閉じた。

「日本はもう負けたほうがいい」

「あっ……」

「日本は負けたほうがいい。降伏すべきだ」

沖田が並木の胸ぐらを摑んだ。

「負けたほうがいい？　降伏？　本気で言ってるんですか」

「本気だ」

「少尉！　いくら少尉でも許せません！　撤回してください！」

「日本は降伏して一からやり直すべきだ。一億総玉砕などということにならないうちに。今ならまだ間に合う」

「少尉は卑怯だ!」

沖田が突き放すように胸ぐらの手を外した。

「日本が早く負ければ回天に乗らなくて済む。少尉はそう考えているんだ!」

並木は微笑んだ。

「降伏は、俺が死んだ後の話さ」

「えっ……?」

「俺はもう逃げだせないよ。いろんなことがありすぎたからな……」

沖田は並木の目を探った。

「わかりません……。少尉の気持ちがわからない。負けたほうがいい、降伏すべきだって、そう思いながら少尉は回天に乗るんですか。そんなことできますか。回天は祖国防衛のための特攻兵器です。国を守ろうとする気持ちなくして回天には乗れないはずです」

「もちろんだ。他の国に喧嘩を売るために特攻する人間なんていやしない。国を守ろう、家族を守ろう、そう思うからこそ、あの恐ろしい魚雷に乗り込める。けどな——」

並木は沖田の目を真っ直ぐ見た。

「回天で突っ込む俺たちはいい。それで特攻の任務は果たせる。神にもなれる。だが残された国民はどうなる? 皆殺しになるまで戦うのか? 俺の家族もお前の家族もみんな死んでしまうのか? ならば俺たちが何本突っ込んだところで、俺たちが守りたいものは何もなくなってしまうじゃないか」

「……」

「だから俺たちで終わりにしてほしいんだ。俺は——トシ坊にまで回天に乗ってほしいとは思わん」

沖田は俯いた。

その肩を並木が軽く叩いた。

「おい沖田、しょげるな。俺だって強がりを言ってるところがあるんだ」

「ええ……わかります」

沖田は顔を上げた。

「でも一つだけ聞かせてください。祖国防衛ではなく、ならば並木少尉はなんのために死ぬのですか」

「それをずっと考えてたんだ」

並木は遠くを見つめた。

「俺はな、回天を伝えるために死のうと思う」

「伝える……？」

並木は頷いた。

「勝とうが負けようが、いずれ戦争は終わる。平和な時がきっとくる。その時になって回天を知ったら、みんなどう思うだろう。なんと非人間的な兵器だといきり立つか。祖国のために魚雷に乗り込んだ俺たちの心情を憐れむか。馬鹿馬鹿しいと笑うか。それはわからないが、俺は人間魚雷という兵器がこの世に存在したことを伝えたい。俺たちの死は、人間が兵器の一部になったことの動かしがたい事実として残る。それでいい。俺はそのために死ぬ」

沖田はゆっくりと瞬きを重ねた。

「回天を伝えるために……」

「俺なりの理由付けだ。自分から死ぬためには理由がいるからな」

「ええ……」

並木は笑った。

「おい、狐につままれたみたいな顔だぞ。悪かったな、べらべら喋っちまって。偉そうなことを言ったが、きっと俺はまた回天に乗ったらブルブル震える。お前に色々話して、恐ろしさを紛らわせてるのかもしれん。幻滅したか？」

沖田も笑みを浮かべた。

「いえ。嬉しかったです。ここへ来てから、他の人の本音なんて聞いたことがなかったですから」

「俺も初めて気持ちを話せたよ。沖田、ありがとう」

「そんなぁ、よしてくださいよ」

外で音がした。見ると自転車が倒れていて、膝を擦りむいた女教師が立ち上がるところだった。構わず小走りでこちらにやってくる。

「すみません、お待たせしちゃって」

女教師は肩で息をしていた。

「大丈夫ですか」

「あ、平気です。でも……」

女教師は顔を曇らせた。

「なかったんです。ボレロのレコード」

「ああ、いいんです。お気持ちだけいただいて帰ります。本当にありがとうございました」

並木と沖田は折り目正しく挨拶《あいさつ》をして音楽室を出ようとした。その背に声が掛かった。

「あの……オルガンではいけませんか」

並木は振り向いた。

「オルガン？」

「うまく弾けるかわかりませんけど……」

女教師は黄ばんだ楽譜を握りしめていた。

並木と沖田は明るい顔を見合わせた。

「ぜひ、お願いします」

足踏み式のオルガンからボレロが流れ始めた。女教師は何度もつっかえ、何度も弾き直した。

だがそれは胸に響いた。どんな有名な交響楽団が奏でるボレロより心に残った。

42

その夜、並木は清々しい気持ちでボールを握った。

ボールもよく走った。左にスライドするボールの揺れも大きかった。

だからといって、何か予感があったわけではなかった。

ちょうど五十球目だった。サイドスローからボールを繰り出そうとした時、カイテンが椅子の上の木箱にひょいと前足をかけた。

いかん、と思ったが、ボールはもう放たれていた。左に大きくスライドし、カイテンの頭めがけて——。

ガッ。

——あっ……。

跳ね返ってきたボールが、並木の足元に転がっていた。

カイテンは何事もなかったように、木箱の中の骨をくわえ出そうとしている。

並木はボールを拾い、ゆっくりと木箱に向かって歩き出した。

指で木箱の上の壁をなぞった。ボールの縫い目の跡が微かに残っていた。

目も覚えていた。

ボールは大きく左に揺れ、そして、ふわっと浮き上がった――。

「カイテン、見たか？」

声が裏返った。

カイテンは目もくれず、好物の骨に齧《かじ》りついていた。

43

翌日、出撃前の総仕上げとして連合訓練が行われた。

午前六時十五分。沖田は兵舎の廊下で並木と擦れ違った。

「おい、急げよ沖田。遅れるぞ！」

「すぐ行きます。先に行っててください！」

沖田は寝坊して、慌てて洗顔に向かうところだった。その背中に並木が言った。

「後で話がある」

「話……？」

沖田が真顔で振り向くと、並木は声を上げて笑った。

「ハハハッ！　心配するな。今日のは楽しい話だ」

逆光の中、事業服姿の並木は弾む足で兵舎を出て行った。

それが、並木を見た最後だった。

午前六時五十分。北は桟橋のボートで並木と一緒になった。

いつになく爽やかな顔で現れた並木は、「帰郷したか」と声を掛けてきた。北は「いや」とだけ答えた。「だったら手紙を書け」。並木がそう言ったが無視した。

伊号潜水艦に乗り込み、「回天戦用意」の号令でラッタル目指して走った。後ろから走ってきた並木が早口で言った。

「今夜、海岸の走り込みが終わったら兵舎裏へ来い」

「何だ？」

「面白いものを見せてやる」

「面白いもの？」

「見てのお楽しみだ」

子供のような笑顔で言うと、並木は軽快にラッタルを駆け上がり、交通筒へ消えた。

それが、並木を見た最後だった。

潜水艦から発進した並木の訓練艇が行方不明になった。

隊は騒然となった。多くの船が海に出て懸命の捜索が続けられた。だが、いくら捜しても訓練艇は見つからなかった。海底の土砂に突っ込んだのなら、弾頭に詰めた緑色の海水を遭難信号として排出するはずだが、それも見当らなかった。いや、海はひどい時化《しけ》だった。波に揉まれて信号が消えてしまったとしても不思議はなかった。

午後七時一分、日没。捜索は打ち切られた。

44

その夜の研究会は荒れた。

連合訓練の結果が散々だった。次回出撃のメンバー六人のうち、並木の艇は行方不明。他の者も多くが目標艦を大きく逸れるなど失敗が重なった。

北、沖田ら五人の隊員は、みな二度三度と出撃を経験しているベテランばかりだ。それが大勢の隊員たちの前で正座をさせられた。隅で俯いているのは、前回、並木らとともに出撃し、爆雷による回天故障で出られなかった桜井だ。今日の連合訓練では、あさっての方角へ突っ込む失態を演じてしまった。

「桜井！　貴様、あんな操縦をして恥ずかしくないのか！」

馬場大尉が黒板に竹刀を叩きつけた。

「他の連中もそうだ！　貴様ら何度も出撃経験がありながら、あのザマはなんだ！　たるんどる。たるんどるから、並木のごとく貴重な回天を失踪させたりもする！」

沖田は目を剝いた。北も、他の隊員たちも馬場を睨んだ。

「ん？　何か言いたいことでもあるのか」

馬場は隊員らを睨み返し、おい、と剣崎少尉を呼んだ。

「心して聞け！」

一歩進み出た剣崎が、出撃して戦死した隊員たちの遺書や辞世の句を読み上げた。

部屋は静まり返った。

「貴様らは、なぜこうできんのだ？」

馬場の低い声が、五人の出撃隊員の心に冷たい手を突っ込んだ。

「いつの出撃でも一本や二本、おめおめと帰ってくるやつがいる」

沖田は目を見開いた。まさか、俺たちのことを言っているのか……。

馬場が声を荒らげた。

「貴様らよく聞け！　鉢巻を締め、日本刀を翳《かざ》し、みんなに帽子を振られて得意になって出ていくだけが能じゃないんだ！　出ていくからには戦果を上げろ。スクリューが回らなかったら、手で回してでも突っ込んでみろ。わかったか！」

五人が五人とも背中をくの字に曲げ、歯を食いしばり、体をわなわなと震わせていた。みんな出撃経験のある隊員たちなのだ。すぐ隣の艇の仲間に出ていかれ、そのスクリューを特眼鏡で目にし、敵艦とともに爆砕するその音を聞いてきた隊員たちなのだ。それを――。

部屋に戻った沖田は悔し涙をこぼした。

「……スクリューを手で回せだとう？　チクショウ！　ふざけたことを言いやがって！」

傍らの桜井がいきり立った。

「あれが上の本音なんだ！　こいつらまた帰って来やがって。俺たちをそう見ていたんだ！」

他の隊員も次々と立ち上がった。

「そうさ、命が惜しくて、俺たちが自分で回天をぶっ壊したと思ってやがるんだ！」

「くそっ！　今度こそ絶対に死んでやる！　卑怯者呼ばわりされるのは真っ平だ！」

沖田の拳が窓ガラスを打ち砕いた。

「ああ、いいとも、死んでやる。もう二度とこんなところへ帰ってくるもんか！　戦果なんて知ったことか！　スクリューが回らなかったら、自爆したって死んでやらぁ！」

一同頷いた。誰の目も涙と怒りに満ちていた。

血まみれの拳を押さえながら、沖田はうずくまった。

――並木少尉……。どこへ行っちまったんです？　あんなこと言われて悔しくないんですか。出てきてください。お願いします。出てきてください……。

部屋の隅で首をうなだれていた北が、力なく立ち上がった。

部屋を出て、兵舎裏へ行った。

カイテンが嬉しそうに木箱から顔を出し、だが並木や沖田でないとわかって、また箱に顔を戻した。

北は地面に腰を下ろし、壁にもたれた。

――来いと言ったのは貴様だろう。なのにすっぽかす気か……。

目に熱いものが溢れてきた。その涙の理由がわからなかった。

――俺はどう死ねばいい……。

北は海を見つめた。

並木が消えた黒い海にその名を呼んだ。

――並木……。なあ並木……。答えてくれ。貴様の声を聞かせてくれ。


並木は沈黙を続けた。

北と沖田が出撃しても。

二人が特攻を果たせず帰投しても。

暑い夏が来ても。

日本国民にとって、運命の報が流れたその日でさえも。

45

昭和二十年八月十五日。日本は連合国に無条件降伏した。

軍部は最後まで「一億総玉砕」を叫んだが、既に国内は疲弊《ひへい》しきっていた。沖縄では血みどろの敗北を喫《きつ》し、街という街は連日連夜の空襲で焼け野原となり、広島、長崎は原爆で壊滅させられていた。

遅きに失した降伏だった。

終戦の数日前、回天隊には「決号《けつごう》作戦」の準備指令が下っていた。作戦可能なすべての潜水艦と回天を出撃させ、米艦隊を襲撃せよ。光基地や平生基地の周辺も激しい空襲に見舞われていたが、沖田は決号作戦に参加すべく、整備員とともに油まみれになって回天の整備に没頭していた。

一方、九州、四国、関東を中心とする太平洋沿岸では、米軍の上陸作戦を警戒していた。十五ヵ所の基地に回天を配備し、米艦船を発見次第、特攻を開始するよう命令が下されていた。その基地回天隊の一つ、高知県須崎の第二十三突撃隊に北がいた。敵艦がいつ襲ってくるかと、土佐湾から太平洋を双眼鏡で睨みつけていた。

そんな沖田や北に、終戦の知らせはあまりに唐突に訪れた。あちこちの基地で「デマにおどらされるな」と声が上がり、出撃を開始する潜水艦もあった。

そうした混乱もいっときのことだった。戦争は終わった。日本は負けた。国民は現実を受け入れた。沖田と北には魂の脱殻のような体が残された。

回天隊は解散された。昭和十九年十一月から終戦までの出撃回数は三十一回を数え、出撃隊員、事故による殉職者、搭乗整備員ら百四十五名が回天と運命をともにした。その戦果ははっきりしない。明らかに回天特攻によって沈没した輸送船が、米軍の発表では沈没はおろか、攻撃すら受けていないことになっていたりした。日本側もすべての戦果を摑みきれなかった。戦果を挙げた隊員が戻ることのない特攻作戦だから、確かな資料が作れるはずもなかった。

沖田は光市に残った。

基地の見える小高い山の中腹を耕し、自給自足の生活を始めた。心の中が空っぽで、故郷へ帰る気力すら起きなかった。なぜ自分は死ななかったのだろう。死んでいった人たちに済まない。それればかりを悔やみ、夜ごとカイテンに涙を見せた。だが、そんな沖田の思いをよそに、回天の勇ましさも悲しさも人の口にのぼることはなかった。

国民は廃墟の中から立ち上がろうとしていた。もう誰も戦争を振り返ろうとはしなかった。生きることに食べることに懸命で、だから大きな戦争の片隅で、人知れず作戦を遂行した回天隊に目を向ける人もいなかった。回天は海に消え、すべての記録と記憶が永久に葬られる。そうなる運命かに思えた。だが——。


その朝、カイテンがけたたましい吠え声を上げながら、山を駆け下りた。

何事かと後を追った沖田は、海に目をやった瞬間、動けなくなった。

回天が波間に浮かんでいた。あの日消息を絶った、並木の訓練艇に違いなかった。

数日前、台風が瀬戸内を襲った。猛威を揮《ふる》ったその枕崎《まくらざき》台風は、海底の土砂をも洗い、揺さぶった。並木の艇は土砂から解き放たれ、ゆっくりゆっくり浮上して、ぽっかりとその姿を海面に現したのだ。

特眼鏡が上がっている。それが沖田のほうをじっと見つめている。

沖田は体の震えが止まらなかった。国民学校の音楽室で並木は言った。

俺は回天を伝えるために死ぬ。人間魚雷という特攻兵器がこの世に存在したという事実を伝えたいんだ——。

それを実行した。そのために並木は海底から浮上した。沖田にはそう思えてならなかった。


浮上した回天は、その日のうちに回収された。

内部に海水の流入はなかった。座席に、変わり果てた並木の亡骸《なきがら》があった。足元にボールが落ちていた。その寄せ書きのボールには、黒々とこう書かれていた。

魔球完成――。

46

遺品は沖田に委ねられた。

寄せ書きのボールと三枚の写真。そして「七生報国」の鉢巻。

その鉢巻は万年筆の細かな字で埋まっていた。「沖田へ」で始まる手紙だった。

沖田へ
おそらくもう出撃して死んでいるであろう人間に手紙を書くのは妙な気分だ。だが、なぜだか俺は、この手紙をお前が読んでくれそうな気がしてならない。

音楽室で一つ言いそびれたことがある。沖田、俺はお前の笑顔が好きだった。どんな運命が待ち構えていようと、決して明るさを忘れないお前が好きだった。

ただ、俺は思うんだ。

戦争の前にお前の笑顔を見られたらもっと良かった。軍隊とか特攻のことではない話をもっとしたかった。

俺はとうとう死ぬことを目的に生きることができなかった。人が生きてゆくには夢が必要だ。俺は死ぬことを夢に生きることができなかった。

だから、これは遺書ではない。手紙だ。

また強がりを言ってやがると笑うだろうか。

心配するな。まだ酸素はある。望みは捨てていないよ。

ただ、外は昼なのか、夜なのか。いったい空はどんな色をしているだろうか。そんなことばかりが気になってならない。

また会いたいな。回天隊でなく、高円寺の商店街あたりで、ばったりとな。

沖田、弱い俺をいつもいつも励ましてくれてありがとう。

並木浩二

沖田は何度も読んだ。滲んだインクの文字を震える手でなぞりながら、何度も何度も読み返した。

「どこが弱いんですか……。並木少尉のどこが弱いって言うんですか……」

並木は最期まで特眼鏡を覗き、暗い海の中を眺めていたのだろう。そうしながら澄み切った青空に思いを馳せていたのだろう。残り少ない酸素の目盛りを見つめ、たった一人、暗い筒の中で青空に恋い焦れながら、しかし、沖田への気持ちを一文字たりとも乱れることなく綴った。水圧でハッチは開かない。だが開けようとしたはずだ。もがいたはずだ。なのにそのことには一言も触れていない――。

沖田は鉢巻に顔を埋めた。

が、不意に顔を上げた。

もしかしたら、と思った。並木はもがかなかったのかもしれない。既に死の決意は固まっていた。回天に閉じ込められ、脱出不能と知った並木は、心のどこかで思ったのではないか。敵兵を殺さずに死ねる、と。

だから、もがかなかった。心静かに死の瞬間を迎えた――。

新たな涙が溢れ出た。

安らかなれ――ただそう祈るほかなかった。

沖田は長い時間をかけて、戦後という場所に足を向けていった。

回天隊の記憶が薄れることはなかった。祖国を愛し、祖国を守ろうと出撃していった仲間たちを誇りに思い続けていた。おそらく誰にもわかってもらえない。そう思いつつ、だが、沖田はペンを執った。ありのままの回天隊の姿を後世に伝えようと、一マス一マス原稿用紙を埋めていった。

俺は人間魚雷という兵器がこの世に存在した事実を残したい――。

並木の声は、いつだって沖田のすぐそばにあった。

47

自分宛てに手紙が残されていると美奈子が知ったのは、もう秋の気配が感じられる頃だった。手紙は写真の裏に書かれていた。美奈子がはにかんで笑っている、その裏に几帳面な字で綴られていた。

美奈子へ
なにも本当のことを話さないうちに、さよならすることになってしまった。
ごめんよ。
謝る言葉しか浮かばない。
でも、敢えて言おうと思う。君にお願いがある。
しばらく、僕の分身になってくれないだろうか。
僕が見ることのできなくなってしまったものを、君に見てほしい。
たとえば、きょうの夕暮れの美しさを。
たとえば、夏の海のきらめきを。
たとえば、色づいた柿の赤さを。

たとえば、雪で覆われた高円寺の街並みを。

僕の代わりに見てほしい。

そうして、美しいものを見ながら一年が過ぎたら、僕を忘れてほしい。

僕を消し去ってほしい。

誰かよい人を見つけて、あふれるような幸せをつかんでほしい。

たった一つ、それだけが気がかりだから、何度でも言う。

幸せになってほしい。

幸せになると約束してほしい。

君には、生きて、生きて、もう嫌だというまで生きてほしい。

幸せに。どうか幸せに。

並木浩二

Ａ大グラウンドの片隅で、美奈子は手紙を読み終えた。

自然とブラウスの胸のポケットに手がいった。

小さな紙包み。終戦の翌日、軍需工場で配られた。もし辱めを受けるようなことがあったらこれを飲みなさい。そう言って渡された紙包みだった。

包みを開いた。少量の白い粉。アーモンドのような臭いがする。

浩二さんが死んだ……。口の中で呟いた。

母も祖母ももういない。焼夷弾の直撃を受けて骨さえ拾えなかった。

美奈子は白い粉を見つめた。

大きな背中を間近に感じていた。

誘いの声は優しかった。

紙を二つ折りにして粉を寄せた。と、その時、スッと何かが視界を横切った。

美奈子は顔を上げた。オニヤンマが飛んでいた。季節外れのオニヤンマが——。

見とれるうち、包みの粉がサーッと風にさらわれていった。

オニヤンマは西の空に消えた。

そこには、並木が見てほしいと言った、美しい今日の夕暮れがあった。

48

A大野球部のメンバーには、「魔球完成」と書かれたボールだけが残された。

喫茶ボレロに集まったのは剛原やサード津田ら五人だった。センター中村、レフト大竹、ライト戸所の外野陣は、南方に行ったまま行方が知れなかった。

「並木は本当に魔球を投げたんだろうか……」

剛原が呟いた。誰かと見間違うほど痩せこけている。

「それはわからん」

津田が言った。右目に黒い眼帯をしている。

「だが、こいつをよく見てみろ」

ボールは塩をふったようにざらざらしている。縫い目はほどけ、なめし革もひどく歪んでいた。

「海水に洗われてこうなったんじゃないかと思う。並木はこのボールを何度も海に投げ込んだんだろう」

「そうか！」

無口なファースト盛岡が興奮した口調で割り込んだ。

「でも捨てて帰れなかったんだ、並木は」

「そうだと思う。並木はその都度《つど》ボールを拾ったんだ」

「ああ、きっとそうだ」

「ん、間違いない」

セカンド遠山、ショート伊佐の二遊間コンビがしんみりと言った。

剛原はボールを摑んだ。

「あいつ、どうしても魔球を投げたかったんだな……」

津田は首を横に振った。

「並木自身、できると思ってなかったんじゃないか」

「じゃあ、夢でも投げてた、ってことか」

「そうだと思う」

剛原は重い息を吐いた。

「夢なんて持ててたか？　軍隊や戦地で」

一同俯いた。

「並木は持ってたんだ。捨てなかったんだ、最期まで……」

津田の声が詰まった。左目はボールを見つめたままだ。

剛原は深く頷いた。

「ああ、そういうやつだ、並木は」

盛岡がおずおずと言った。

「俺たちも……なあ、俺たちも……」

「ん……」

「ああ」

「そうだな」

剛原が小さく笑った。

「小畑がいたら言うな。みんな家のほうは大変だろうけど、どうにか頑張ってまた野球をやろう、ってな」

みんなの顔にも笑みが広がった。

「ああ、絶対そう言うな、小畑は」

「やろう。また野球をやろうぜ。並木と小畑に言われたんじゃ、やらないわけにいかないだろ」

「そうだ、野球部に戻ろう」

「勧誘もしようぜ。並木や小畑みたいないい奴、いっぱい集めようぜ」

ドアの開く音がした。薄汚れた軍服が入口に立っていた。

赤銅色に日焼けした顔は目だけがぎょろついていた。だが、その顔の輪郭はヒョウタンのような形で……。

剛原がぽかんと口を開けた。

「な、中村か……？」

センター中村だった。いや、後ろにレフト大竹もいる。ちょっと待て、ライト戸所も一緒ではないか。

「みんな無事だったか！」

「なんとかな……」

三人とも精気がなかった。どこかの戦地のどこかの軍隊が、三人の若々しさを奪ってしまったに違いなかった。

剛原は睨みつけるように三人を見つめた。

「なあ、また野球をやろう」

「野球……」

中村は虚ろに返した。

「そうだ、中村。野球だよぉ、大学リーグに殴り込みをかけるんだよぉ！」

「野球かあ……。忘れてたなあ」

中村は後ろの大竹と戸所に振り向いた。

「考えてもみなかったな。野球か……」

「そうかぁ、また俺たち野球ができるのか……」

三人の顔が綻《ほころ》んでいく。凝り固まった戦地の緊張が少しずつ溶け出していく。

こっちだ、こっちだと三人を迎え入れ、みんなでがっちり円陣を組んだ。

「おーし、新宿ガラクターズに雪辱だ！」

「リーグ優勝だ！」

「並木と小畑の弔い合戦だ！」

みんな揃って目に涙を浮かべながら、だがそれはもうこぼすまいと懸命に笑って騒いだ。

静かな笛の音が聞こえた。

全員がカウンターに振り向いた。蓄音機が置かれていた。くしゃっとウインクした、マスターのその目が光っていた。

「みんなが特別な日にしてくれたからね」

二年ぶりに店に流れたボレロは、ほろ苦く、それでいてみんなの胸を熱くさせた。

終章

喫茶ボレロの急な階段は、八十を超えた剛原にはきつかった。

やれやれといった感じで北に続き、だが、店に入った途端、足の痛みも吹き飛んでしまうほど驚いた。店の雰囲気は六十年前のままだった。正面の壁に下手くそな舞姫のスケッチまである。

調理場のカーテンが開き、赤いベストが覗いたので、剛原は息を呑んだ。

出てきたのは五十年配の男だった。

剛原は息を吐き出した。

「そうだよな、マスターが生きてりゃ、もう百歳を超えてる」

北は頷きながら、カウンターのとまり木に腰かけた。

「お久し振りです。何にしましょう？」

「コーヒーをくれ——お前もか」

「ああ。同じでいい」

マスターが奥へ消えるのを待って、剛原は北を見た。

「よく来るのか」

「東京に出てきた時に寄る」

「今どこだ？」

「終戦からしばらくして故郷の長野へ帰った。並木との約束もあってな」

「約束？」

北は鼻で笑った。

「こっちの話だ」

「へえ、秘密か。まあいい。それからどうした？」

「農業を継いだ。もっとも今は楽隠居だがな」

「そういや、マラソンはどうした？　オリンピックがどうとか言ってたろ」

「ずっと走ってたよ。オリンピックはだめだったけどな。だが、今も走ってる」

「今も？」

「今年はホノルルマラソンに出るつもりだ」

「へえ！」

「並木が夢に出やがる。だから走ってる」

「そうかあ、そういうことか」

愉快そうに笑って、だが、剛原は最初の疑問を思い出した。

「おい、教えろよ。このボレロはどういういきさつなんだ？　あの若いの、マスターの身内の人間か何かか？」

「ただの雇われマスターだ」

「だったら、なんでこんなそっくりな店が……」

ドアが賑やかに開き、セーラー服の少女が背後を駆け抜け、カウンターをくぐった。

「遅くなってごめんなさい！」

拝むような手をして調理場へ消えた少女は、だが、すぐにエプロンを掛けて顔を出した。

「いらっしゃいませ！」

「あっ……！」

剛原は仰《の》け反《ぞ》り、椅子から転げ落ちそうになった。

鳴海美奈子――。

そっくりだった。昔、並木が一球荘に連れてきた、あの美奈子に瓜二つだ。

「あ、やだぁ！　お客さんも、お婆ちゃんのお知り合い？」

「お婆ちゃん？」

北がにやりと笑った。

「お孫さん、ってやつだ」

「香織です。そんなに似てますかぁ？」

剽軽《ひょうきん》に言って、香織は剛原に顔を近づけた。

「孫……。道理で……。いや、それにしてもよく似てる」

「彼女は随分と晩《おそ》くに結婚した。相手が理解のある人でな、並木のことまで受けとめてくれたらしい」

「この店は……？」

「その旦那の甥っ子が喫茶店を開く時に、資金援助だけでなく、こういう店にしたらどうだと口をきいたという話だ」

「そうかあ、美奈子さん、いい人にめぐり合えたなあ。そうかあ」

時の流れを感じた。

半開きになったカーテンの向こうに小型テレビの画面が覗いていた。衛星放送のニュース番組だろうか、大リーグで活躍する日本人選手の姿が大写しになっていた。背番号「55」が躍動している。敵国だったあのアメリカに日本人が渡り、そこで伸び伸びと野球をしている。やはり途方もない時間が流れたのだ。

「おじさん」

香織が悪戯っぽい目をして剛原を見つめていた。

「なんだい？」

「でも、お爺ちゃん、ちょっと可哀想なんだよ。今でもその並木さんって人に嫉妬《しっと》してるんだから」

「ハハハッ、そりゃあ、夫婦仲がいいってことだよ」

香織はコーヒーを差し出しながら、また剛原に顔を寄せた。

「ね、一つきいてもいいですか」

「ん？」

「並木さんって、そんなにステキな人だったんですか」

剛原と北は顔を見合わせた。胸が熱くなるのはなぜだろう。

「ああ。素晴らしいやつだった。心があったかくて、誰からも好かれた。それに、どんなに辛いことがあっても、決して夢を捨てない強い男だった」

「わあ！　聞きたい聞きたい。ねっ、お婆ちゃんの初恋の人のこと話して」

香織は大きな瞳を輝かせて、カウンターに身を乗り出した。

剛原は北の腕を軽くつついた。

「手伝えよ」

北は遠くに目をやり、「ああ」と答えた。

「よしきた」

剛原は嬉しそうに頷き、記憶のページを捲った。

——うん！

そうだ、そうしよう。あの日の並木のことから話そう。魔球を投げると宣言した、とびきりのあの笑顔のことから話そう。

◎参考文献・資料

『回天』鳥巣建之助編（回天刊行会）
『あゝ回天特攻隊』横田寛（光人社ＮＦ文庫）
『人間魚雷回天』神津直次（朝日ソノラマ）
『わだつみのこえ消えることなく』和田稔（角川文庫）
『回天特攻』近藤伊助
『伊号58帰投せり』橋本以行（鱒書房）
『学徒出陣』わだつみ会編（岩波書店）
『いざさらば我はみくにの山桜』靖國神社編（展転社）
『海軍』外山三郎（近藤出版社）
『特別攻撃隊』（毎日新聞社）
『戦争と庶民』（朝日新聞社）
雑誌「丸」（潮書房）
『回天』回天碑再建世話人会編

◎取材協力
神津直次氏、横田昌子氏、山本修一氏、岩谷修作氏、高松工氏。

※本書は'96年、マガジン・ノベルス・ドキュメント『出口のない海』（作／横山秀夫、画／三枝義浩）として刊行された作品を全面改稿したものです。

N.D.C.913 302p 20cm

出口《でぐち》のない海《うみ》

二〇〇四年八月九日　第一刷発行

著　者　横山秀夫《よこやまひでお》
発行者　野間佐和子
発行所　株式会社講談社
東京都文京区音羽二—一二—二一／郵便番号一一二—八〇〇一
電　話　（〇三）五三九五—三五〇五（編集部）
（〇三）五三九五—三六二二（販売部）
（〇三）五三九五—三六一五（業務部）
印刷所　株式会社廣済堂
製本所　黒柳製本株式会社

定価はカバーに表示してあります。

ISBN4-06-212479-3